Michelle Celmer

DESCOBRINDO A PAIXÃO

Tradução
Ana Helena Garcia

HARLEQUIN®

2017

Título original: THE SECRETARY'S SECRET

Originalmente publicado em 2007 por Silhouette Desire
Originalmente publicado no Brasil em Abril de 2009

Publisher: Omar de Souza
Editora: Juliana Nóvoa
Assistente editorial: Tábata Mendes

Arte-final de capa:
Isabelle Paiva

Editoração Eletrônica:
ABREU'S SYSTEM

Impressão:
RR DONNELLEY
www.rrdonnelley.com.br

Distribuição para bancas de jornais e revistas de todo o Brasil:
Dinap Ltda. – Distribuidora Nacional de Publicações
Rua Dr. Kenkiti Shimomoto, nº 1678
CEP 06045-390 – Osasco – SP

Editora HR Ltda.
Rua da Quitanda, 86, sala 218 – Centro – 20091-005
Rio de Janeiro – RJ – Brasil
Tel.: (21) 3175-1030

Contato:
virginia.rivera@harlequinbooks.com.br

– **Acho que não é uma boa ideia.**

– Talvez – concordou ele enquanto lentamente ia ao encontro dela. Acariciou seu rosto com as pontas dos dedos, depois seguiu até o cabelo. O pregador abriu e soltou os cachos louros contornando o seu rosto.

– Nick, não comece – disse ela, sem fazer nada para detê-lo. – Nós acabamos de combinar que isto nunca mais aconteceria.

– Combinamos? – A mão dele passou da cabeça para o ombro e Zöe sentiu a outra alça se rasgar. Agora o vestido virara um tomara que caia. E logo a parte de cima estava jogada no chão.

Ai, meu Deus, vai começar tudo de novo.

Nick tirou a alça da bolsa do outro ombro e a deixou cair suavemente no chão, ao lado das chaves do carro dele.

– Ainda estamos aqui, e o estrago já está feito. Será que mais um tempo vai fazer tanta diferença?

Era difícil argumentar com esta lógica, especialmente com ele mordiscando a sua orelha. Nick tinha razão. O estrago já estava feito.

Que diferença poderia fazer mais um tempo?

– Então só mais esta vez – disse enquanto procurava o fecho da calça de Nick. Zöe abriu o zíper da calça e a deixou cair pelas pernas. – Contanto que o que acontecer neste quarto permaneça neste quarto.

Querida leitora,

Por dez anos, Zöe trabalhou para Nick Bateman. Porém, ela era mais do que uma assistente. Zöe esteve a seu lado durante os momentos difíceis de sua vida, inclusive após duas dolorosas separações. Afinal, ele sonhava em fazer parte de uma família de verdade, mas encontrar a esposa perfeita parecia impossível. Contudo, quando alguns drinques para afogar as mágoas abrem caminho para uma noite escaldante, esse poderoso milionário percebe que a mulher ideal estava mais perto do que ele poderia imaginar.

Boa leitura!
Equipe Editorial Harlequin Books

CAPÍTULO 1

Nick Bateman estava deitado na cama da suíte nupcial do hotel, fingindo estar dormindo, mas, na verdade, refletia sobre o que acabara de fazer.

Nick não passou a primeira noite da sua lua de mel com a mulher que deveria ser sua esposa. Ele a largara no meio da cerimônia de casamento, e em vez disso, dormiu com Zöe, sua secretária.

Ele gostaria de culpar o champanhe pelo que acontecera, mas como os dois só tinham bebido duas garrafas, não podia dizer que estava bêbado. Não tinha condições de dirigir, claro, mas estava bastante sóbrio para saber que dormir com uma funcionária sua não era uma atitude inteligente.

E para piorar a situação, Zöe era a sua melhor amiga.

Nick tateou a cama à sua volta e sentiu que ainda estava quente. O lençol e a sua pele estavam impregnados do perfume dela e do cheiro de sexo.

Ele ouviu um golpe surdo e uma voz baixinha praguejando do outro lado do quarto. Ela estava se movimentando furtivamente pelo quarto escuro, provavelmente à procura de suas roupas.

A única explicação para o acontecido, mesmo que pouco convincente, foi o fracasso do casamento na noite anterior. É claro que deprimido e desanimado, ele não estava raciocinando com clareza.

Em vez de dizer sim, ele disse não e abandonou a noiva no altar. Aliás, era a segunda noiva que abandonava. Que culpa ele tinha se só naquele momento entendeu o terrível engano que estava para cometer? Que culpa tinha se a sua vontade de casar e constituir uma família o estava deixando cego? E que, depois de um mês de namoro, ele mal conhecia a mulher com quem se casaria e que, por sinal, só estava interessada no seu dinheiro, como os seus amigos já vinham lhe alertando.

Que pesadelo!

Jamais se esqueceria do olhar indignado de Lynn quando ele, no meio da cerimônia de casamento, se virou para ela e disse:

– Me perdoe. Não posso continuar com isso.

Nick ainda sentia o seu queixo dolorido como resultado do soco que ela lhe acertara na hora. Ele bem que mereceu. Apesar de ser uma mulher mentirosa e interesseira, ela não precisava ser humilhada daquele jeito. Por que será que ele não conseguia encontrar a pessoa certa? Há cinco anos queria formar uma família. Imaginou que a esta altura, já estaria feliz e contente, casado, com pelo menos um filho nascido e outro a caminho.

Nada em sua vida estava correndo como devia ou como planejara.

Depois que Nick interrompeu abruptamente a cerimônia de casamento, Zöe o levou até o hotel onde estava reservada a suíte para a lua de mel e o champanhe gelado o esperava. Como Nick não queria beber o champanhe sozinho, ele a convidou. Zöe então pediu que o serviço de quarto trouxesse jantar para dois, mesmo ele dizendo que estava sem fome, e colocou gelo no seu queixo. Ela sempre cuidava dele e assim fizera na noite passada.

Nick não sabia dizer exatamente como tudo começou. Num momento, eles estavam sentados conversando, de repente, ela olhou para ele de um jeito, e logo estavam se beijando e arrancando as roupas um do outro.

Os lábios dela eram quentes e doces, seu corpo, macio e sensível. E o sexo foi simplesmente fantástico. Nunca conheceu uma mulher que gostasse tanto de falar durante o sexo. Não precisou adivinhar o que ela queria, pois não teve vergonha de pedir.

Nossa, ele realmente se deitara com Zöe.

Estaria mentindo se dissesse que nunca olhou para ela com esta intenção. Sempre se sentira atraído por ela. Zöe era bonita, mas de uma beleza sutil, não do tipo que hipnotizava os homens com sua aparência. Sua beleza vinha de dentro, da sua personalidade e da sua força.

Mas certos limites não podiam ser ultrapassados. E fazer sexo era a maneira mais fácil para um homem acabar a amizade com uma mulher.

Nick sabia disso por experiência própria.

Mas, felizmente, não foi um dano irreparável, pois enquanto Nick desejava ansiosamente constituir uma família, Zöe fazia questão de continuar solteira e sem filhos. Ao contrário do que aconteceu com outras funcionárias com quem fez a besteira de ir para a cama quando era jovem, arrogante e estúpido, com ela seria diferente. Zöe não esperaria e nem desejaria qualquer compromisso com ele.

O que era um alívio, certo?

Neste momento, ele ouviu outro baque e algo que parecia um grito sufocado de dor, desta vez bem próximo da cama. Nick tinha duas opções: ou continuava fingindo que dormia e a deixava zanzar pelo quarto escuro ou então enfrentava aquela situação.

Nick esticou o braço e acendeu a luz. Com os olhos apertados por causa da claridade, ele foi surpreendido com a agradável visão de um traseiro nu, muito bem feito, a poucos centímetros do seu rosto.

ZÖE SIMMONS soltou um grito estridente e virou-se piscando em razão da luz, agarrada ao vestido embolado junto ao corpo para esconder sua nudez. Parecia que ela estava vivendo a cena de um sonho que tinha com certa frequência, na qual caminhava nua dentro de um supermercado, só que era pior, porque estava acordada.

Mas agora ela teria preferido ser apanhada nua em um quarto cheio de estranhos a estar com Nick.

– Você me assustou – ela o repreendeu. Seus planos de sair discretamente antes que Nick acordasse não deram certo. Não era uma questão de medo, só não estava preparada para encarar o que tinham feito ali. Sem falar de quantas vezes haviam feito e das várias posições que experimentaram.

O estado em que o quarto se encontrava dizia tudo: o lençol da cama todo embolado e diversas embalagens de preservativos descartadas e espalhadas na mesinha de cabeceira e pelo chão. Ela estremeceu só de pensar na maneira como haviam se tocado e onde se tocaram. E como a noite fora tão surpreendente e maravilhosa.

E como não poderia nunca, jamais, voltar a acontecer.

– Vai a algum lugar? – ele perguntou.

– Acho que sim.

Nick olhou para o relógio digital na cabeceira.

– Mas estamos no meio da noite.

– Achei que seria melhor ir embora. – Mas ele não estava facilitando as coisas. Estava ali sentado, nu da cintura para cima, como um deus grego, um monumento musculoso e de pele bronzeada, e tudo que ela queria era pular de volta na cama com ele.

"Não pense em bobagens, Zöe", ordenou para si mesma.

Isto tinha que terminar, e já.

Ela pegou sua bolsa no chão e encaminhou-se para o banheiro.

– Vou me vestir. Depois conversamos.

Zöe entrou no banheiro, e ele a acompanhou com os olhos. Ela trancou a porta, acendeu a luz e ficou horrorizada com a imagem que viu no espelho. Só para piorar a sua noite. O cabelo estava achatado de um lado e apontando para cima do outro lado. O rímel preto escorrera para debaixo dos olhos vermelhos e inchados, e sua bochecha esquerda estava toda marcada pelas dobras do travesseiro. Nada igual a Nick que acordara parecendo um ator de cinema. Foi um milagre ele não ter gritado e corrido dali ao vê-la.

Se o banheiro tivesse uma janela, ela fugiria.

Zöe jogou água no rosto e com um lenço de papel limpou a maquiagem dos olhos. Penteou o cabelo com os dedos e prendeu-o num rabo de cavalo. Não tinha a menor noção de onde foram parar seu sutiã e sua calcinha, mas procurá-los estava definitivamente fora de questão. Teria que ir para casa com o vestido e mais nada.

Colocou o vestido amarrotado e alisou o tecido com a mão para disfarçar seu aspecto. Na pressa de tirar sua roupa, Nick rasgara uma das alças finas do vestido. Um lado do decote ficou caído. A saia de seda ajustada ao corpo ainda estava úmida do champanhe que ela deixara entornar.

Este era o vestido que usara nos dois casamentos de Nick. Talvez estivesse na hora de aposentá-lo.

Ou colocar fogo nele.

Zöe se olhou no espelho, e com a mão levantou o decote do lado que rasgara. Não era o ideal, mas passava. Ela torcia para que as pessoas não olhassem para ela e nem pensassem que era uma sem-teto desfilando pelo saguão daquele hotel cinco estrelas. Na verdade, ela não encontraria muita gente perambulando pelo hotel às 3h30.

Ela ouviu um barulho vindo do quarto e pensou nele dando de cara com o seu traseiro ao acender a luz. E por temer apanhá-lo nu, como ele a pegara, resolveu dar um sinal de que estava saindo.

– Estou saindo do banheiro.

Como ele não respondeu, ela abriu ligeiramente a porta e olhou para o quarto. Nick estava sentado na cama, vestido apenas com a calça do terno e de peito nu.

E que peito! Claro que ela já o tinha visto, mas agora, depois de tocá-lo e...nossa! O que era aquilo no seu ombro esquerdo, um marca de mordida? Ela também se lembrava de ter deixado uma marca em algum lugar abaixo da cintura, sem falar nas outras coisas que fizera com a boca...

Estava morta de vergonha. O que foi que fizeram?

Ao se aproximar de Nick, notou um rasgo na frente da calça. Já ia brincar com ele, avisando que o passarinho poderia fugir, quando se lembrou de que foi ela mesma quem rasgou na pressa de arrancar sua calça na noite anterior. Eles haviam destruído as roupas um do outro na ânsia de ficarem nus, como se esperassem a longos dez anos por aquele momento e não quisessem adiar aquilo nem mais um segundo. Zöe jamais se esqueceria da forma como ele a penetrou rápida e profundamente. E do jeito como ela o enlaçou com as pernas e o trouxe para junto de si, gemendo e pedindo por mais...

Minha nossa, o que fora tudo aquilo?

Zöe agarrou sua bolsa junto ao peito e percorreu o chão com os olhos à procura dos sapatos. Precisava sair dali o mais rápido possível, antes que fizesse uma besteira ainda maior, como tirar o vestido e pular sobre Nick.

– Acho que estas peças são suas. – Nick segurava o sutiã de renda preta e a calcinha combinando. – Encontrei-as debaixo do lençol.

– Obrigada – ela disse ao arrancá-las de suas mãos e enfiá-las em sua bolsa minúscula.

– Acha que deveríamos conversar sobre o que acabamos de fazer? – ele perguntou.

– Se você concordar, prefiro deixar este assunto de lado e fazer de conta que nunca aconteceu.

Nick passou os dedos pelo cabelo curto e preto. A barba por fazer formava um sombreado no seu rosto e explicava a ardência que Zöe sentia na parte interna de suas coxas.

– Esta é uma das maneiras de lidar com o assunto – disse ele, meio desapontado.

Tanto um quanto outro sabiam que o que aconteceu ali foi um simples acaso. Nunca deveria ter ocorrido. E jamais poderia se repetir.

Não havia nada de errado com Nick, pelo contrário. Ele era rico, bonito e um bom amigo, porém era teimoso e autoritário. Algumas vezes tinha vontade de bater nele, em outras ele era meigo e generoso.

Zöe não entendia por que ele ainda não tinha conseguido encontrar a mulher certa para casar. Talvez estivesse ansioso demais. Ou, então, era falta de sorte mesmo. Era incrível a capacidade que ele tinha para escolher a mulher errada.

Já Zöe estava bem satisfeita com a vida que levava. Nada de compromissos. Não precisava dar satisfação do que fazia para ninguém a não ser para si mesma e para Dexter, seu gato. Passou a maior parte da vida cuidando de crianças na casa dos pais. Tanto o seu pai quanto a sua mãe trabalhavam o dia inteiro, por isso ela cuidava dos oito irmãos menores. E Nick, nos últimos cinco anos, só falava em casar com uma mulher que fosse uma perfeita dona de casa e ter uma penca de filhos. E quanto a ela, só passaria perto de um pacote de fraldas, mesmo assim se tivesse perto da ração de gatos, no supermercado.

Zöe saiu de casa no dia que completou 18 anos, deixou Petoskey e cruzou todo o estado de Michigan até chegar a Detroit. E se não fosse por Nick, ela não teria conseguido morar sozinha. Na época, ele estava começando a sua empresa de construção e, talvez por isso mesmo, não a despediu quando a pegou mentindo. Ela colocou no currículo que tinha experiência anterior como secretária.

Na verdade, Zöe não sabia nada de informática e suas habilidades ao telefone eram questionáveis. Mas Nick, em vez de mandá-la embora, o que ela bem-merecia, resolveu ajudá-la. Com o seu apoio, Zöe fez faculdade e aprendeu a trabalhar em escritório. Ele a treinou e protegeu.

Até hoje não sabia dizer por que foi tão bom para ela, por que a resguardou. Simpatizou com ela desde o momento que se conheceram.

Em contrapartida, Zöe foi a única família para Nick. A única pessoa em quem ele confiava. Parecia não querer mais do que isso dela.

Zöe não abriria mão de uma amizade tão importante por causa de um deslize. E, de qualquer jeito, uma relação afetiva entre eles não duraria muito. Eram muito diferentes.

Depois de uma semana juntos, com toda a certeza, eles se matariam.

– Fizemos uma grande besteira – disse ela. Neste momento ela avistou seu escarpim Jimmy Choo, novinho, debaixo da cama. Com o dedão do pé ela arrastou o sapato para fora e o calçou. – Nós nos conhecemos há muito tempo. Eu detestaria ver a nossa amizade e a nossa relação profissional terminarem por causa disto.

– Isto seria terrível – concordou Nick. Ele estava sendo bem legal. Não passava pela cabeça de Zöe que ele fosse se zangar, mas também não precisava ser tão agradável. Podia pelo menos fingir que lamentava que não fosse mais acontecer.

Zöe fez um aceno com a mão.

– Então, eu já vou – disse.

Nick se levantou, e mesmo que Zöe estivesse usando um salto sete e meio, ainda estava uma cabeça mais alto do que ela.

– Vou levá-la em casa.

– Não – afirmou ela e fez um aceno com a mão. – Não será necessário, chamarei um táxi.

Nick conferiu as horas no relógio e voltou a insistir.

– Já passam das 3h.

Mais um motivo para não levá-la. No meio da noite ela se sentia menos responsável. E se ao chegar em casa, ela o convidasse para entrar? Não queria que ele confundisse as coisas e também não tinha certeza de poder confiar em si mesma.

Era incrível como uma noite de sexo podia confundir a cabeça de uma mulher.

– Realmente prefiro que você fique. Está tudo bem, pode confiar – falou Zöe.

– Então leve o meu carro – disse ao colocar as chaves na mão dela. – Chamarei um táxi pela manhã.

– Tem certeza?

– Claro que tenho – garantiu ele.

Nick mostrou o caminho e acompanhou-a até a porta. Ao chegarem, ela se virou para ele e viu só um lado do rosto dele iluminado. O lado onde ele tinha uma covinha.

Ele não estava sorrindo. Parecia quase triste.

Bem, ele acabara de terminar com a noiva, era mais do que esperado que estivesse desanimado.

– Sinto muito pelo que aconteceu entre você e Lynn, mas vai conhecer outra pessoa, tenho certeza. – Alguém diferente da primeira noiva, que o avisou somente no dia do casamento que não queria ter filhos pelo prazo de dez anos, para se dedicar à carreira. E também da segunda noiva que foi uma boa bisca. Lynn só queria o dinheiro de Nick, obviamente, mas ele estava tão preocupado em se casar e ter filhos que não percebeu o quanto ela era interesseira. Finalmente, ele se deu conta disso e foi capaz de vê-la como era realmente.

– Sei que vou – ele disse.

– Nem é preciso dizer que isto tem que ficar só entre nós dois. Se alguém descobrir o que aconteceu aqui hoje, as coisas podem se complicar no escritório – sugeriu Zöe.

– Está bem, nem uma palavra – concordou ele.

Até aí, tudo bem. Fácil demais.

– Bem, já vou. – Ela encaixou a alça da bolsa no ombro e segurou a maçaneta da porta. – Vejo você na segunda-feira.

Nick se debruçou sobre ela, apoiando-se na porta de maneira que a impedia de sair.

– Já que isso nunca mais vai acontecer, que tal um último beijo? – perguntou.

Ah, não, é uma péssima ideia. Foi exatamente assim que tudo começou. Um simples beijo dele foi que os colocara nesta situação. Se Nick não soubesse beijar tão bem, nunca teria dormido com ele.

– Acho melhor não recomeçarmos – ela respondeu.

Nick olhava para ela do mesmo jeito sedutor que os fez se atracarem na noite anterior. De repente, parecia estar perto demais. O seu cheiro era tão gostoso e o seu rosto estava tão bonito naquela luz suave, que Zöe começou a ficar com a mente e os sentidos perturbados.

– Ora vamos, é só um beijinho – ele disse.

Como um ímã, Zöe foi atraída para ele. Sentiu seu corpo se curvar mesmo ela não querendo.

– Acho que não é uma boa ideia.

– Talvez – concordou ele enquanto lentamente ia ao encontro dela. Acariciou seu rosto com as pontas dos dedos, depois seguiu até o cabelo. O pregador abriu e soltou os cachos louros contornando o seu rosto.

– Nick, não comece – disse ela, sem fazer nada para detê-lo. – Nós acabamos de combinar que isto nunca mais aconteceria.

– Combinamos? – A mão dele passou da cabeça para o ombro e Zöe sentiu a outra alça se rasgar. Agora o vestido virara um tomara que caia. E logo a parte de cima do vestido estava jogada no chão.

Ai, meu Deus, vai começar tudo de novo.

Nick tirou a alça da bolsa do outro ombro e a deixou cair suavemente no chão, ao lado das chaves do carro dele.

– Ainda estamos aqui, e o estrago já está feito. Será que mais um tempo vai fazer tanta diferença?

Era difícil argumentar com esta lógica, especialmente com ele mordiscando a sua orelha. Ele tinha razão. O estrago já estava feito.

Que diferença poderia fazer mais um tempo?

– Então só mais esta vez – disse enquanto procurava o fecho da calça de Nick. Zöe abriu o fecho da calça e a deixou cair pelas suas pernas. – Contanto que o que acontecer neste quarto permaneça neste quarto.

Os lábios dele roçaram os seus ombros e ela sentiu os joelhos ficarem bambos.

– Está bem – disse ele.

Em seguida, a beijou e Zöe se derreteu toda.

Uma vez mais, ela prometeu a si mesma enquanto ele levantava a saia do seu vestido até a cintura e a suspendia do chão.

– Uma vez mais – murmurou ela ao abraçá-lo com as pernas enquanto ele a imprensava contra a parede e a invadia num movimento rápido.

Só uma segunda vez e eles jamais lembrariam que isso tivesse acontecido...

CAPÍTULO 2

Que diferença podia fazer uma segunda vez? Aparentemente, bem mais do que ela ou Nick poderiam supor.

Zöe olhou para o relógio em cima da sua mesa de trabalho e depois para a última gaveta do arquivo onde escondera o saco da farmácia, atrás das fichas dos empregados. O saco que já estava ali há quatro dias porque ela sempre se esquecia de levar para casa no fim do expediente. Tentava se convencer de que estava assustada à toa. Provavelmente, foi infectada por algum vírus e logo estaria curada. Um vírus que parecia tirar-lhe toda a energia, que a deixava enjoada na parte da manhã, ao se levantar, e que provocava certo inchaço nos seios.

E que atrasara, também, seu período menstrual.

Com toda a certeza deveria existir um vírus que reunisse todos esses sintomas, porque não poderia ser algo do tipo que a obrigasse a acordar de madrugada para amamentar e trocar fraldas.

Se tivesse certeza de que Nick não se esquecera de usar preservativo naquela última vez, quando ela já ia saindo do hotel, estaria bem mais tranquila.

Mas não podia lhe perguntar sobre isso. Não sem ele se zangar e complicar as coisas para ela no trabalho. Já tinha sido bem complicada a convivência deles depois daquela noite que passaram no hotel. No início foi difícil olhá-lo nos olhos e esquecer que ele já tinha lhe tocado e visto nua.

Todas as vezes em que olhava para as suas mãos lembrava-se de como era a sensação quando ele a toca. As mãos eram suaves, mesmo que ásperas e calejadas. E eram tão grandes que pareciam abarcá-la onde quer que encostassem.

Olhava para seu quadril estreito e pensava como o enlaçou com as pernas quando ele a colocou contra a parede. A forma como a possuiu rápida e profundamente. E como ela se entregou em seus braços.

E a sua boca. Aquela boca travessa que a fazia se derreter como se fosse manteiga na frigideira quente.

Não.

Não pense em bobagens, Zöe.

Zöe tentou se esquecer da figura magra e musculosa, do peso do seu corpo afundando no colchão e dos tremores de prazer que provocava nela. Jurou para si mesma que não mais pensaria sobre isso. Finalmente, as coisas estavam voltando ao normal. Nick e ela já podiam se falar sem constrangimentos.

Zöe não queria criar mais problemas.

Não chegou a dizer nada para a sua irmã Faith, e elas contavam quase tudo uma para a outra. Se bem que, depois da última vez que se falaram ao telefone, Zöe teve a impressão de que Faith desconfiava de alguma coisa. Não duvidava nada que a irmã largasse tudo e aparecesse em sua casa para apurar melhor o que estava acontecendo.

Zöe respirou fundo para criar coragem. Estava sendo ridícula. Deveria fazer logo a porcaria do teste e resolver esta situação. Afinal de contas pagou dez dólares pelo teste. Não podia desperdiçar seu dinheiro. Esperar mais uma semana não mudaria o resultado do teste. Só havia duas possibilidades: ou estava grávida ou não. E seria bom saber logo para resolver o que fazer.

E decidir o que dizer a Nick.

Ao tentar alcançar a última gaveta, Shannon, da contabilidade, apareceu na sala e Zöe respirou aliviada.

– Oi, querida. Quer nos acompanhar no almoço? Vamos todas comer no Shooters.

Apesar de nervosa, ela estava faminta. Normalmente Zöe se contentava em comer apenas uma salada no almoço, mas hoje daria tudo por um hambúrguer com batatas fritas acompanhado de um milk-shake gigante. E, para sobremesa, um sundae duplo de chocolate.

– Vou com vocês, claro. – Zöe pegou a bolsa, o casaco e deu uma última olhada para a gaveta antes de acompanhar a colega.

Ao sair para o almoço fez uma promessa a si mesma. Assim que voltasse, colocaria o teste dentro da bolsa para não esquecê-lo e o faria à noite quando chegasse em casa, colocando um ponto-final neste assunto.

Nick caminhou pelo corredor em direção à sala da Zöe e viu que ela não estava lá. Sentiu alívio e decepção ao mesmo tempo. Viera até a sua sala agora imaginando que ela estaria na sua hora de almoço. Apesar de terem combinado fingir que nada tivesse acontecido entre eles, Nick não conseguia se esquecer de cada momento de prazer que viveram juntos. Tentou fingir que nada tinha mudado, mas havia algo de estranho.

Algo sobre Zöe que ele não sabia bem dizer o que era.

Não conseguia parar de pensar na outra possibilidade. A de lhe dizer que não queria mais fingir que nada acontecera.

Só não sabia ao certo se era isso mesmo que desejava. Será que eram tão diferentes um do outro que não podiam ter um relacionamento amoroso?

Ela era do tipo que gostava de gato e ele, de cachorro. Ele adorava usar jeans desbotado e couro, e ela era fresca e fútil. O seu gosto para música ia do rock clássico ao blues, passando pelo jazz. Zöe parecia gostar da música pop da década de 1980 e qualquer cantora mulher, e também tinha o hábito irritante de ouvir canções natalinas em pleno mês de julho.

Ele era um homem que adorava comer carnes e batatas e ela vivia na base de saladas e água mineral. Com relação à TV, ele se divertia vendo os reality shows e os canais de esporte, enquanto ela preferia as novelas e programas voltados para as mulheres.

De fato ele não se lembrava de nada que tivessem em comum. Fora o sexo, claro, o que eles faziam muitíssimo bem.

Mesmo que superassem todas as diferenças, havia ainda o problema de terem objetivos de vida totalmente opostos. Em todos esses anos que se conheciam, ela nunca demonstrou o menor interesse em ter filhos. Ele até compreendia, tendo em vista o que ela passou por ser a mais velha de nove filhos. Mas no caso dele foi diferente, pois sempre se sentiu muito sozinho. Filho único e órfão, ele viveu sua infância com um casal de tios que não era nada carinhoso com o sobrinho de 8 anos que foram obrigados a criar. Passou anos sendo jogado de um lado para o outro entre colégios internos e colônias de férias.

Nick queria formar uma família com pelo menos três filhos, talvez mais. Só precisava encontrar uma mulher que quisesse o mesmo. Uma que tivesse mais interesse em ter filhos do que progredir em sua profissão. E também que não exigisse uma lua de mel de duas semanas na Europa, além de uma casa de campo em um dos condomínios mais sofisticados nos arredores de Detroit.

Nick não dava grande valor às coisas materiais. Ele estava bastante satisfeito com o condomínio onde morava e com o carro que tinha. Gostava da sua vida modesta. Dinheiro nenhum no mundo comprava felicidade. Os presentes caríssimos que os tios sempre lhe deram não compensaram a falta de amor e carinho. Os filhos que ele viesse a ter seriam muito amados e nunca pensariam que estavam sendo um fardo, e jamais os abandonaria.

Nick custou muito a se convencer de que não havia nada de errado com ele. Que ele não afugentava as pessoas. Sua mãe sofria de uma doença mental e mal podia tomar conta de si mesma, muito menos de uma criança, e seus tios não tiveram vontade de criá-lo. Quando a mãe perdeu a guarda, os tios poderiam tê-lo devolvido para o Serviço Social. Mas não, eles assumiram a responsabilidade sobre ele.

Não fosse pela falta de afeto, poderia até se considerar uma pessoa muito mimada em criança. Se precisasse ou quisesse alguma coisa, bastava dar um telefonema que seu tio resolvia a questão.

Um carro conversível no dia em que tirou a carteira de motorista? Sem problema.

Uma viagem para Cancun para comemorar a formatura, com todas as despesas pagas? Claro.

A melhor e mais cara escola da Costa Leste? Certamente.

Mas ninguém estava ao seu lado na hora em que precisava estudar. Ele estudou muito para ter boas notas, todos os anos, e se formar com as melhores médias da turma. Para deixar os tios orgulhosos, mesmo que não soubessem demonstrá-lo. E quando pediu ao tio que emprestasse o capital para iniciar a sua empresa, em menos de 24 horas o dinheiro foi depositado em sua conta corrente.

Eles não seriam eleitos os melhores pais do ano, porém fizeram o que foi possível.

Mas ele seria melhor do que isso.

A mulher certa para ele existia e ele haveria de achá-la. Uma mulher que quisesse as mesmas coisas que ele. E, com sorte, ele a encontraria antes de ficar velho demais para jogar bola com seu filho e para ensinar a filha a andar de patins.

Ele entrou na sala de Zöe e tentou se lembrar onde ela guardava as fichas dos funcionários. Sabendo que ela não era muito organizada, podiam estar em qualquer lugar.

Apesar da desordem, ela fazia o escritório funcionar como um relógio. Zöe se tornara indispensável. Ele estaria perdido se não fosse por ela.

Começou a procurar os papéis na parte de cima, indo até embaixo, e os achou, claro, na última gaveta. Localizou a ficha do funcionário novo, Mark O'Connell, pois queria saber se existia algum motivo para ele estar faltando tanto ao trabalho, além de chegar tarde. Nick era exigente quando contratava um funcionário novo e não compreendia como alguém cujas referências eram tão boas podia ser tão imprevisível.

Ele pegou a ficha do funcionário e já ia fechar a gaveta quando avistou a ponta de um saco marrom.

O que seria? Não se lembrava de ter visto aquilo na última vez em que abriu a gaveta. Nick pegou o saco e, antes que pudesse ver o que continha, ouviu um grito sufocado atrás dele.

– O que está fazendo?!

Nick virou-se, com o saco da farmácia na mão, e viu Zöe que voltara do almoço, em pé na porta da sala, paralisada. Caso ele abrisse aquele saco, as coisas ficariam muito complicadas no escritório.

– Encontrei isto no arquivo – disse ele.

Quando conseguiu recuperar a fala, Zöe fez o possível para permanecer calma e racional. Ficar zangada só pioraria a situação.

– Não gosto que mexam nas minhas coisas.

– Como eu poderia saber que isto era seu? Estava no arquivo, junto com as fichas dos funcionários. Fichas às quais preciso ter acesso para poder administrar minha empresa.

Nick tinha razão. Ela deveria ter deixado aquilo no carro ou na sua bolsa. Claro, que desculpa teria para não ter usado ainda o teste? Zöe deu um passo à frente, estendeu o braço para ele.

– Você tem razão, me desculpe. Pode me devolver o saco agora?

Ele olhou para o saco e depois para ela.

– O que é, afinal?

– Artigos de perfumaria.

Zöe deu outro passo em direção a ele, com o braço estendido, e Nick deu um passo para trás.

Nick ameaçou um sorriso nos lábios.

– Quanto vale isto para você?

Ele não brincava deste jeito com ela há várias semanas. E agora não era hora de brincar de ser chato como tinha o hábito de fazer.

– Não tem graça nenhuma, Nick. Dê-me isto.

Ele segurou o saco nas costas para provocá-la.

– Venha buscar.

Como podia um adulto agir de forma tão infantil? Só porque não tinha filhos ele achava que podia agir como uma criança?

Ela deu um passo em direção a ele, bem zangada, e estendeu o braço.

– Por favor.

Nick deu um passo para o lado, desviando dela, e depois correu para o outro lado da escrivaninha, achando a maior graça.

Zöe estava com vontade de dar um soco nele. Será que não percebia que ela não estava brincando? Não se importava de irritá-la?

– Você está agindo como um idiota. Devolva-me isto agora.

Quanto mais zangada ela ficava, mais ele se divertia.

– Deve ser algo muito importante para deixá-la deste jeito – ele a provocou. E, para irritá-la ainda mais, ele balançava o saco diante dela. – Se é tão importante, venha pegá-lo.

Ela lançou as mãos para o alto, se dando por vencida.

– Tudo bem, pode olhar. Se você acha que absorventes íntimos são tão interessantes.

Absorventes íntimos. Era tudo o que ela queria.

Ele levantou uma das sobrancelhas como que desconfiando dela. Ao abaixar o braço com o saco e abrir uma pontinha para dar uma olhada, ela pulou para arrancá-lo da sua mão. Mas ele foi mais rápido e puxou de volta, o que fez com que o saco se rasgasse, deixando cair a embalagem do teste. Como num filme em câmara lenta, a embalagem voou pela sala, bateu na parede e caiu no tapete com o rótulo virado para cima.

Por alguns longos segundos o tempo parou, e quando voltou ao normal, veio com toda a força.

Nick olhou para a caixa, depois para ela, voltou para a caixa e toda a alegria do seu rosto foi-se embora.

– O que é isto?

Ela fechou os olhos. Que droga.

– Zöe? – ele a chamou.

Ela abriu os olhos para ele.

– O quê? Você não sabe ler?

Ela tirou o saco das mãos dele e depois foi em direção ao teste para pegá-lo também.

– Zöe, por acaso está pensando que está...

– Claro que não! – Pelo menos pedia a Deus que não.

– Você está atrasada? – ele perguntou. E diante da expressão no rosto dela, continuou: – Claro que sim, caso contrário não precisaria de um teste. – Ele passou uma das mãos pelos cabelos. – Quantos dias de atraso?

– Só estou com um pequeno atraso. Não há de ser nada.

– Nós dormimos juntos a cerca de um mês atrás. De quanto é o seu pequeno atraso?

– De duas ou três semanas.

– De duas ou três, qual vai ser?

Droga. Ela se acomodou na sua mesa de trabalho.

– Provavelmente, três semanas.

Nick deu um longo suspiro. Ela notou que ele fazia um esforço para se manter calmo.

– Por que não me contou?

– Achei que poderia ser um vírus, uma infecção ou algo assim – ela disse. – Eu não estava querendo aceitar, você entende?

– A menstruação pode atrasar por diversos motivos, inclusive por causa do estresse, você sabia?

Ela estava nervosa e ficava brincando de abrir e fechar a caixa do teste.

– Ah! Sim, claro.

– Além disso, nós usamos preservativos.

– Usamos?

– Você sabe que sim – respondeu ele indignado.

Ela sentiu um fio de esperança. Os preservativos podiam falhar, mas era difícil. Talvez ela não estivesse grávida afinal. Talvez tudo isso fosse fruto da sua imaginação.

– Tem certeza? Inclusive da última vez? – ela perguntou:

De repente ele já não parecia tão confiante, então ela continuou.

– Você se lembra? Na parede junto à porta. Nós usamos preservativo naquela hora também, certo? – perguntou na esperança de que tudo fosse um simples engano.

Ele coçou o queixo áspero pela barba que já crescia. Ele podia se barbear dez vezes ao dia que sempre teria uma sombra azulada no rosto.

– Para ser sincero, não me lembro.

Isto não era nada bom. Zöe já começava a se sentir insegura, quase em pânico.

– Você não se lembra?

– E nem você, pelo que vejo – disse ele, já sentado na ponta da mesa.

Ele estava certo. Não era justo. Não era culpa dele.

– Me perdoe, estou só... angustiada – disse ela.

– Bem, não me lembro de ter usado um preservativo, e além disso, a minha carteira tinha ficado no quarto, então...

Pelo menos ele estava sendo honesto. Obviamente os dois estavam tão entusiasmados que nem se lembraram de colocar o preservativo. Mas aquela não teria sido a quarta vez deles? Será que o organismo de um homem não precisava de mais tempo para se refazer? Será que o seu exército de espermatozoides não estava desfalcado?

– Acho que só existe uma maneira de descobrirmos – disse ele. – Se você fizer o teste aqui vai se arriscar a ser vista por alguém no banheiro feminino. Então o que prefere? Fazer na sua casa ou na minha?

Ela não podia acreditar que isto estava de fato acontecendo. E ainda por cima com Nick. Como ela não respondeu logo à pergunta, ele acrescentou:

– Por acaso este procedimento exige que você fique sozinha?

Ficar sozinha era a última coisa que queria. Eles estavam nisso juntos. Em nenhum momento suspeitou que ele fosse deixá-la na mão.

– Vou fazer isso na minha casa – ela foi categórica.

– Está bem, então vamos – disse ele ao se pôr de pé.

– Você quer ir agora? Em pleno horário de expediente?

– Fique tranquila, ninguém vai ser despedido aqui. Esqueceu que sou o dono da empresa? Além disso, como diz o ditado...

– A curiosidade matou o gato? – arriscou ela.

– Não deixe para amanhã o que pode fazer hoje – ele disse.

CAPÍTULO 3

NICK PEGOU o carro e levou dez minutos para chegar na casa de Zöe, em Birmingham. Não conversaram muito durante o trajeto. Não havia nada para dizer. Zöe passou a maior parte do tempo rezando para o teste dar negativo.

Como foi que se meteu nesta enrascada?

Seus pais católicos ainda acreditavam que fosse pura como a neve. E se o resultado do teste desse positivo, que explicação daria a eles? Bem, mamãe e papai, eu era pura, mas me deixei levar.

Eles a matariam ou a rejeitariam. Ou ambas as coisas.

O que seria o suficiente para abreviar a vida da sua frágil e doente avó. E ela seria tachada de ovelha negra da família. Não importa se seus pais já a vinham censurando por não ter se casado ainda.

Quando é que você vai encontrar um bom rapaz para se casar? Quando é que você vai ter filhos?

Que tal nunca?

E se o rapaz com quem se casasse fosse Nick, eles ficariam encantados. Apesar de ele não ser católico, seus pais adorariam tê-lo como genro. Nick os conquistou desde a primeira vez em que ela o levou em casa para o jantar de Ação de Graças. Nick conviveu com a loucura e o caos que era a sua família e adorou aquele burburinho que a deixava maluca.

Portanto, se lhes telefonasse para comunicar que ela e Nick se casariam, ela seria facilmente escolhida a filha do ano. Mas o fato de ter feito sexo antes do casamento ainda seria considerado um problema. Na visão deles, isso era pecado.

Zöe apoiou a cabeça no encosto do banco e fechou os olhos. Talvez fosse apenas um sonho ruim. Quem sabe se ela se beliscasse não acordaria?

Ela se preparou para dar um beliscão na parte interna do braço, a parte onde os entendidos em autodefesa dizem ser a mais sensível, e apertou com força.

– Ai!

– O que foi? – perguntou ele assustado.

Ela abriu os olhos e observou à sua volta. Continuava no carro de Nick e ele a fitava, sério.

– Não foi nada. Estou bem – respondeu. Depois, virou-se para a janela, mas nem reparou nas casas da sua rua passando.

– Não se desespere até sabermos ao certo – disse ele. Mas ela sabia tanto quanto ele qual seria o resultado. Fizeram sexo sem proteção e ela estava atrasada. O teste daria positivo.

Ela estava esperando um filho de Nick.

Ao chegarem, Nick pegou as chaves e abriu a porta. Ele já estivera ali um milhão de vezes, mas agora tudo parecia meio surreal. Era como se ela estivesse entrando na cena de um filme. Um filme de terror.

Nick e ela eram os protagonistas, e a qualquer momento, um lunático surgiria da cozinha com um facão na mão para cortá-los em pedacinhos.

Ela tirou o casaco e o jogou no encosto do sofá enquanto Nick constatava a bagunça em que a sala se encontrava.

A louça do jantar da véspera ainda estava na mesinha de centro com visíveis marcas da passagem do gato Dexter. Pilhas de jornais velhos se acumulavam do outro lado do sofá.

E devia fazer bastante tempo que não passava o aspirador de pó na casa, como denunciavam os tufos de pêlos de gato espalhados no tapete. Tanto a sua casa como a sua vida estavam em situação bem caótica no momento. Seu desleixo era um prenúncio para demonstrar que péssima mãe ela seria.

– Você precisa urgentemente de uma empregada – ele disse.

– Não estou muito disposta a ouvir sermões sobre a minha inaptidão como dona de casa – retrucou ao deixar a bolsa na mesinha de centro.

– Me perdoe – Nick se desculpou enquanto pegava a embalagem do teste no bolso da sua jaqueta de couro. – Acho melhor nós acabarmos logo com isto, concorda?

Ele disse "nós"? Como se ele fosse entrar no banheiro agora para se submeter ao teste. Como se fosse capaz de aguentar meses de tortura se desse positivo. Um cara como ele não resistiria uma semana. Ele podia ser forte para muita coisa, mas não sobreviveria a cinco minutos de trabalho de parto.

Sua mãe deu à luz seus três irmãos mais novos em casa e Zöe teve o desprazer de ficar presa no quarto com ela quando o último filho nasceu. Ela foi testemunha daquele horror. Passar por tudo aquilo pela primeira vez era compreensível, pois a maioria das mulheres não tem noção do sofrimento que será. Mas nove vezes era insano.

– Estou com medo – disse ela na porta do banheiro.

Nick se aproximou e colocou a mão grande e calejada no ombro dela para confortá-la.

– Estamos juntos nisso, Zöe. Qualquer que seja o resultado, nós vamos enfrentá-lo.

Zöe ficava admirada de ver como um homem como ele, robusto e cheio de testosterona, podia ser ao mesmo tempo tão meigo e doce. Claro que ele também sabia ser insuportável às vezes. Mas nunca a deixou desamparada diante de qualquer dificuldade e com certeza não seria agora que o faria.

– Está bem, vamos lá. – Ela pegou o teste da mão dele, entrou no banheiro e trancou a porta. Sentiu um frio na barriga ao abrir a embalagem do teste e colocá-lo sobre a bancada da pia. Então ela rezou.

– Deus, faça com que o teste dê negativo.

Por segurança, Zöe leu as instruções três vezes e depois fez o teste seguindo passo a passo a orientação. Para um procedimento que poderia mudar totalmente a vida de alguém, o teste era assustadoramente rápido e fácil. Menos de cinco minutos depois, ela teve o veredicto.

Nick andava de um lado para o outro olhando para a porta do banheiro, intrigado com a demora. Já estava há mais de 20 minutos trancada lá, em total silêncio. Sem gritos, sem estrondos que pudessem indicar a queda de um corpo desmaiado e nem comemorações de alegria.

Quanta ironia. Pouco antes de entrar na sala de Zöe, ele pensava em ter filhos. Só que não com Zöe, e nem tão rápido assim. Ele queria estar casado, mas a vida às vezes reservava certas surpresas para as pessoas.

Pelo menos com ele tinha sido assim.

De repente, Nick deu um espirro e o gato de olhos verdes que tomava sol no peitoril da janela fitou-o com desdém. Ele não era do tipo que gostava de gatos.

Resolveu então se sentar no sofá. E se ela estivesse grávida? Tudo estava acontecendo tão depressa que ele não sabia direito o que sentia. Só tinha uma certeza: se Zöe não saísse logo daquele banheiro, ele derrubaria a porta. Não podia demorar tanto assim. Ele se lembrava de ter lido na caixa que o resultado ficava pronto em poucos minutos.

Neste exato momento, a porta do banheiro se abriu e Zöe apareceu. Nick deu um pulo e entendeu que era desnecessário perguntar sobre o resultado tendo em vista olhar incrédulo de Zöe e a palidez do seu rosto.

– Nossa! – foi só o que ele disse. Zöe estava grávida.

Ele seria pai. Os dois teriam um filho, juntos.

Quando viu que Zöe estava prestes a desmaiar, Nick se aproximou e a puxou para seus braços. Zöe se apoiou nele, e seu corpo tremia todo. Ela encostou a testa no seu peito, passou os braços em torno dele e Nick enterrou o rosto nos seus cabelos. Percebeu um cheiro de canela e maçã e se deu conta de sentir falta daquele perfume. Desde aquela noite no hotel que ansiava por abraçá-la novamente.

Ele tinha se esquecido de como gostou de tê-la junto a si e de como ela se encaixou bem nos braços dele. Na verdade, alguma coisa mudou entre eles naquela noite no hotel e nunca mais voltaria a ser como antigamente. Por um tempo eles permaneceram ali, abraçados, até Zöe se acalmar e parar de tremer.

De gelada e rígida Zöe ficou relaxada em seus braços. Ele a pegou pelo queixo para levantar seu rosto.

– Vai ficar tudo bem – garantiu.

– O que você vai fazer? – indagou Zöe.

– Bem, acho que vamos ter um bebê – ele disse e abriu um sorriso.

Zöe olhou para ele pasma, e de atordoada passou a horrorizada. Ela se soltou do seu abraço e deu um passo atrás.

– Ah! Meu Deus.

– Você está sorrindo. Então está feliz com tudo isso.

Será?

O sorriso tomou conta do seu rosto todo. Ele tentou se conter, mas foi impossível. Estava muito feliz. Já queria formar uma família há cinco anos. Claro que não planejou dessa forma e nem com Zöe, mas isso não era motivo para achar que não funcionaria. Eles podiam tentar, quem sabe não podia dar certo? Ele deu de ombros.

– Acho que estou feliz, sim. Preferiria me ver aborrecido?

– Claro que não. Mas já parou para pensar nisso tudo? Em tudo que vou ter que enfrentar?

– Você vai ter um filho, Zöe. Acontece todo o dia.

– Sim, claro, mas você já viu um bebê nascer?

Não, mas faria questão de estar presente na hora do parto. Não perderia isso por nada deste mundo.

– Acho que vai ser emocionante – disse.

– Emocionante? Eu estava ao lado da minha mãe quando o meu irmão mais novo, Jonah, nasceu.

– E como foi?

– Assistiu ao filme *The thing*? – perguntou, e ele fez sinal que sim. – Lembra-se da cena em que o alienígena irrompe do corpo de um homem, jorrando sangue e vísceras? Bem, é mais ou menos assim. Só que dura algumas horas e dói muito mais. E isso é só o começo – continuou. – Depois que a criança nasce, vêm as noites maldormidas e as fraldas sujas. Não se tem mais um momento de paz. Ela chora, geme, solicita e sufoca. Sem falar nas despesas que dá. Depois, cresce e tem colégio, dever de casa e rebeldia. Não acaba nunca. Trata-se de uma preocupação eterna desde o dia em que nasce até a sua morte – finalizou.

Nossa! Nick sabia que Zöe não tinha saudades da vida que levou na casa dos pais, mas não pensou que estivesse tão traumatizada.

– Zöe, você era muito nova quando teve que tomar conta dos seus irmãos. Não foi justo o que seus pais fizeram, passando esta responsabilidade para você. – Ele fez um carinho nela para deixá-la mais relaxada. – No momento você ainda está em choque. Quando tiver tempo para assimilar que vai ter um filho, vai gostar da ideia.

– Não estou preparada para isso – disse ela de olhos fechados, balançando a cabeça. – Nem sei se estarei algum dia.

Neste momento ocorreu a ele que talvez Zöe pensasse em interromper a gravidez. Claro, era seu direito decidir o que fazer com o seu próprio corpo, mas ele faria qualquer coisa para demovê-la dessa ideia.

– Está dizendo que não quer ter o bebê? – perguntou.

– Não tenho escolha – ela respondeu confusa.

– Toda mulher tem o direito de escolha, Zöe.

Zöe olhou para ele horrorizada enquanto colocava as duas mãos sobre a barriga, como se a protegesse. Para

Nick, parecia mais um movimento instintivo do que racional.

– Não pretendo me livrar dele, se é isso que está insinuando. Que tipo de ser humano pensa que eu sou? Nunca me imaginei criando um filho sozinha, mas posso fazê-lo, se é o que você quer. Não planejei isto, mas não vou abrir mão de um filho, nunca. Meus irmãos sempre me perturbaram a vida, mas eu os adoro e não os trocaria por nada nesta vida.

– Você está me deixando confuso – reclamou Nick.

– O que estou dizendo é que vou ficar com o bebê. Estou ainda em estado de choque. Isso não estava nos meus planos. E você era o último homem que eu podia imaginar como pai do meu filho, sem querer ofendê-lo.

– Não estou ofendido. – Como poderia se sentir ofendido se, horas atrás, ele havia pensado exatamente o mesmo sobre ela?

Zöe se encaminhou até o sofá e sentou em meio às almofadas.

– Meus pais vão me matar. Eles acreditam que, como uma boa católica, ainda sou virgem, aos 28 anos, e que vou à igreja rezar duas vezes por semana. O que vou dizer a eles?

Nick sentou-se ao seu lado, colocou um braço em volta dela e Zöe se aconchegou em seu corpo macio. E como aquilo foi bom. E, de repente, ele sabia exatamente o tinha de fazer.

– Creio que você só tem uma opção – disse ele.

– Viver envergonhada pelo resto da minha vida?

Nick teve que rir com o pessimismo de Zöe.

– Não. Acho que vai ter que se casar comigo.

ZÖE SE desvencilhou dos braços de Nick para fitá-lo.

– Casar com você? Está maluco?

Nick não se zangou com ela. Já esperava que ela questionasse sua sanidade.

– O que há de loucura nisso?

Se ele não sabia, era de fato maluco.

– Se casarmos logo, evitamos que seus pais saibam que você já está grávida. Problema resolvido.

Ele achava que não havia problema em casar com alguém sem amá-la? Como amigos, eles se amavam muito, sem dúvida. Mas isso não era o bastante.

– Nós dois ainda estamos confusos e abalados com esta novidade – argumentou ela. – Na minha opinião, devíamos esperar uns dois dias até tomarmos uma decisão mais séria.

– Nós vamos ter um filho, Zöe. Nada pode ser mais sério do que isso.

– Exatamente. Temos que pensar bem antes de tomar decisões.

– Sei que você não fazia planos para se casar.

– E você está louco para se casar. Mas já parou para pensar que estaria se casando comigo pelo motivo errado? Você sempre quis se casar com uma dona de casa, alguém que adore criar filhos, que goste de limpar a casa e preparar a sua comida. Então, repare só na minha casa e a bagunça que é. E a comida? Se eu não puder esquentar meu jantar em menos de cinco minutos no micro-ondas, nem compro.

Ele não parecia magoado com a rejeição, o que só comprovava que a sua teoria estava certa. Ela nunca poderia ser aquele tipo de esposa que ele sempre procurou. Aliás, ela não poderia ser uma esposa de nenhum tipo.

E mesmo que conseguissem superar tudo, não daria certo. Ele era um cara muito legal. Era perfeito, exceto por um detalhe: ele não a amava.

Zöe segurou as mãos dele entre as suas. Elas eram ásperas e calejadas pelos muitos anos de trabalho na área de construção. Ele podia ser o dono da empresa, ter muito dinheiro, mas gostava de sujar as mãos. Gostava de sentir o sol nas costas e respirar ar puro. Se ficasse preso por um dia no escritório, subiria pelas paredes de tão nervoso.

Zöe tinha certeza que ele se empenharia tanto quanto no casamento. Seria um excelente marido para alguma mulher de sorte. Só que não seria ela.

– Foi um gesto muito nobre da sua parte, mas acho que precisamos pensar bem para saber o que devemos fazer.

– Quanto tempo? – ele quis saber.

– Preciso marcar uma consulta com o médico. Depois disso, vou tratar dos outros problemas.

Quem sabe o exame estava errado? O médico poderia fazer um exame de sangue e ela descobrir que tinha se preocupado à toa.

CAPÍTULO 4

"Parabéns! O seu teste deu positivo! Caso queira agendar uma consulta com o dr. Gordon, disque um. Se quiser falar com a recepcionista, disque dois."

Zöe desligou o telefone da sua mesa de trabalho rapidamente. Não queria ouvir aquela mensagem irritante gravada na secretária eletrônica do consultório médico. O exame de sangue confirmou a gravidez. Então ela estava mesmo esperando um filho de Nick.

Deveria ir até a sala de Nick para lhe contar, mas ele vinha a cada dez minutos até a sua sala para ter notícias.

Conferiu seu relógio e achou que devia esperar, pois dentro de seis minutos ele estaria de volta.

– Alguma notícia? – perguntou ele.

Zöe o viu na porta com uma expressão ansiosa.

– Está adiantado.

– Adiantado? – ele disse, irritado. – Você já ligou?

– Sim, liguei.

– E então?

– Como diz minha mãe, estou em estado de família.

– Nossa. – Ele respirou fundo antes de perguntar: – E você está bem?

Zöe acenou que sim. E era verdade. Depois de alguns dias pensando no assunto já estava se acostumando com a ideia. Um filho complicaria muito a sua vida, mas não era o fim do mundo. Ela lidaria bem com isso.

– Estou bem.

Nick se aproximou mais e sentou na quina da mesa olhando para ela. Sua felicidade era visível mesmo que tentasse disfarçar. E por que deveria? Que mulher não gostaria de ver o pai do seu filho feliz?

– Pode ficar feliz – disse ela. – Prometo que não vou mais ficar zangada.

Nick abriu um sorriso.

– Isso significa que temos assuntos a tratar.

Zöe sabia bem de que assunto ele queria tratar. Ele parecia tão animado, tão feliz, que ela não duvidou nem por um minuto que ele se tornaria um pai maravilhoso. E como marido? Não sabia se estava preparada para um marido deste tipo, ou de qualquer outro. A perspectiva de compartilhar sua vida com alguém, todas as concessões e sacrifícios que isso exigiria dela, parecia uma situação quase impossível. Ela gostava da vida que levava.

O que não significava que não podia ser mais feliz ainda com Nick. Mas e se não fosse?

Conforme o combinado, ele não falou nada sobre casamento até chegar o resultado do exame. Mas agora ele parecia estar esperando uma resposta dela sobre isso.

– Não é nada pessoal, Nick, mas receio que a nossa relação não funcione.

– E por que não? Já somos amigos, já trabalhamos juntos e nos entendemos bem. – Ele se aproximou bem do rosto dela para continuar argumentando. – Sem falar da química que existe entre nós na cama, que foi muito acima de qualquer expectativa.

Nick olhava para ela de um jeito que a deixava completamente desarmada. E Zöe era obrigada a concordar. Mesmo o sexo sendo bom, ou até maravilhoso, não era uma garantia de um casamento feliz.

Nick chegou ainda mais perto para convencê-la.

– Vai me dizer que não se lembrou daquela noite pelo menos umas dez vezes por dia desde que aconteceu?

– Não foi tão bom assim. – Ela tentou soar arrogante, mas a voz saiu doce e meiga. E depois, pelas suas contas, deve ter pensado umas cem vezes ao dia.

Nick riu e inclinou-se para apoiar as mãos no braço da cadeira de Zöe, deixando-a encurralada.

– Foi bom, sim. Foi a melhor noite de sexo que você já teve na vida, confesse.

O corpo dele exalava virilidade o que a deixava com a cabeça leve e o corpo ligeiramente dormente.

– É, acho que sim. Mas esta não é a questão. Não quero tomar uma decisão da qual eu possa me arrepender no futuro. E se depois de um mês de casados, descobrirmos que um deixa o outro louco?

– Tarde demais, benzinho. – Nick fez um carinho em seu rosto e o seu coração disparou. – Você já me deixa louco desde agora.

E ela se sentia da mesma forma. Parecia que a qualquer instante iria beijá-la. E mesmo sabendo que seria uma insensatez, queria que ele a beijasse. Não estava preocupada se alguém entrasse na sala e os visse assim. Se acontecesse, não levaria nem dez minutos para a notícia correr o prédio todo. O que não seria nada bom.

Só queria que ele decidisse. Ou a beijava ou se afastava dela. Com ele assim tão perto, olhos nos olhos, era quase impossível pensar com clareza. E, provavelmente, era este o objetivo dele, deixá-la agir por impulso e concordar em tomar determinadas atitudes que não estava preparada para enfrentar.

– Quando falei em enlouquecer, eu quis dizer em outro sentido – disse ela.

– Então o que pretende? Só namorar?

– Já passamos da idade de namorar, não acha? Nós nos damos bem socialmente, o que me preocupa é a convivência diária. – Ao falar isso, ela o viu sorrir de novo, mostrando sua covinha, que geralmente era mau sinal.

– Mas esta me parece ser a solução ideal.

Ela não se lembrava de ter mencionado solução alguma.

– E que solução seria esta?

– Poderíamos viver juntos – sugeriu Nick.

– Viver juntos, na mesma casa?

– Sim. Seria a melhor maneira para descobrir se somos ou não compatíveis.

Zöe nunca dividiu seu espaço com ninguém. Não depois de sair de casa, onde compartilhava um quarto com outras três irmãs. Três pessoas pegando suas roupas emprestadas e usando sua maquiagem sem pedir. Claro que com Nick não seriam exatamente estas as suas dificuldades.

No tempo em que morou na casa dos pais, precisava se trancar no banheiro para poder ficar sozinha, mas só por poucos minutos, até alguém bater na porta com pressa de entrar.

Em sua casa de 90 metros quadrados, Zöe tinha dois banheiros, um completo no andar de cima e outro, sem chuveiro, no andar térreo. Será que ele precisava de muito espaço?

Ou será que queria levá-la para o apartamento dele, que tinha o dobro do tamanho? Mas ficava em um prédio grande, em Royal Oak, com muitos vizinhos em volta.

Ninguém devia viver tão próximo dos vizinhos. Era assustador pensar que as pessoas poderiam ouvi-la através das paredes. Tinha um sonho de viver numa antiga casa de fazenda, num terreno imenso. O que será que Nick, nascido e criado na cidade, pensaria disso? Mesmo se conhecendo há tanto tempo, ainda havia muita coisa que ela não sabia a seu respeito. Muitas coisas sobre as quais ainda não tinham conversado.

Coisas que poderiam descobrir um sobre o outro se viessem a morar juntos.

– E se formos compatíveis? – perguntou ela.

– Neste caso, você se casa comigo – respondeu ele.

– Simples assim?

– Simples assim – confirmou.

A contragosto, Zöe tinha de admitir que o plano fazia sentido.

Ela se assustava com o fato de estar concordando com o plano. Para os seus pais, pior do que sexo antes do casamento era viver em pecado sem a bênção matrimonial. Claro que se eles não soubessem, não se aborreceriam. Certo?

– Se resolvermos viver juntos, e não estou dizendo que sim, acho melhor você se mudar para minha casa – disse ela. – O seu condomínio pode viver sem você. E tenho um quintal e um jardim que precisam ser cuidados.

– Para mim está ótimo – concordou ele.

– E talvez fosse melhor manter segredo sobre isso.

– Zöe – disparou ele. – Você tem vergonha de mim?

– Você sabe como são as pessoas nesta empresa. Não estou preparada para lidar com fofocas, pelo menos até tomarmos uma decisão.

– O que você quer combinar, então? – ele quis saber.

– Que tal um mês? Se até lá não conseguirmos conviver bem, cada um vai para o seu lado.

Nick se sentou, cruzou os braços para avaliar a proposta.

– Um mês?

Em um mês saberiam se funcionariam além da amizade e da cama.

– E se depois de um mês um não tiver matado o outro, o que faremos? Marcamos uma data?

A simples ideia de se casar já disparava em Zöe uma crise de ansiedade. As palmas das mãos ficaram suadas e o coração disparara.

– Se conseguirmos viver bem por um mês, prometo levar a sério o seu pedido de casamento – concordou ela.

– Bem, pelo menos estaremos economizando em gasolina para ir e vir do trabalho, assim não será uma perda total.

– Como pode ser tão racional sobre isso? – Ela estava nervosa com a perspectiva de morarem juntos.

– Porque tenho certeza de que depois de um mês você vai estar louca para se casar comigo.

– O que o deixa tão seguro?

– Isto. – Nick se inclinou e ela não se esquivou, mesmo sabendo o que pretendia fazer. Ela queria que a beijasse, não se importava de correr o risco de alguém entrar na sala e vê-los.

Nick também não estava se importando com nada. Segurou-lhe a cabeça por trás e enfiou os dedos no cabelo e deu-lhe um beijo cheio de paixão.

Zöe sentiu seu corpo completamente entregue. Havia se esquecido de como ele beijava bem e como era gostoso. A falta de lembrança devia ser um mecanismo de autodefesa. Caso contrário, teriam se beijado inúmeras vezes nas últimas semanas.

A sua sensação era de estar se derretendo, se afogando no feitiço dele. Os dedos se confundiam com os cabelos e as unhas arranhavam-lhe a cabeça. Ele segurava sua cabeça com mão firme, mas delicada, como se não fosse deixá-la fugir. E tampouco ela queria.

Nem o barulho de alguém abrindo a porta, chamando seu nome... "Zöe, preciso de... oh"... e depois saindo a impediu de continuar beijando Nick. Assim como a possibilidade de a notícia correr o prédio todo antes do fim do expediente.

Nick finalmente a soltou e se afastou com os olhos inebriados.

– Acho que não vamos precisar manter segredo sobre isso.

Ela deveria estar preocupada, porque agora todos saberiam do seu segredo, ao menos um deles, mas ela não estava. Aliás, bem que ele podia beijá-la novamente. Seu rosto estava quente, a cabeça formigava no local que ele segurara e se tentasse levantar e andar, com toda a certeza as pernas não responderiam.

Bastava um beijo para deixá-la arrasada.

– Então, quando é que você quer que eu me mude para sua casa? – perguntou ele.

Que tal agora, teve vontade de dizer. Mas não, não podia parecer tão ansiosa. Inclusive era uma sexta-feira, o que daria tempo para ele se mudar com calma. Que nada!

– Que tal esta noite? – ela sorriu para ele.

No portão da frente de Zöe havia uma rena. Nick estava do lado segurando as rédeas em uma das mãos e uma mochila na outra.

Tudo bem, era uma coleira com guia para cachorro, e a rena era o seu cão. Um cachorro grande e magro, de pelo negro e brilhoso.

– O que é isto? – perguntou ela através da porta de tela. Será que pensava em trazer aquela coisa para dentro de casa?

– Este é o meu cachorro, Tucker. – E, diante da reação de perplexidade dela, acrescentou: – Você sabia que eu tinha um cachorro.

De fato ela sabia, mas não pensou que fosse se mudar com ele.

– Isto não vai dar certo, porque eu tenho um gato.

– Tucker tem um potencial de letalidade muito baixo, não vamos ter problemas.

– Potencial de letalidade? – Ela passou a tranca na porta. – Mas Dexter não é uma isca.

– Tucker já foi um galgo de corrida. Costuma-se usar presas para fazê-los correr. Uns precisam de mais estímulo do que outros. Tucker era considerado calmo, portanto não é uma ameaça para os gatos.

– Tem certeza?

– Provavelmente vai ignorar o gato. – Ele ficou ali, esperando que abrisse a porta para ele entrar, mas ela ainda não estava convencida.

– E será que ele vai comer os meus sapatos? – quis saber.

– Ele não é de comer, mas de colecionar.

– Como assim?

– Ele gosta de colecionar celulares, controles remotos, às vezes chaves de carro, mas o que ele gosta mesmo são chinelos. Quanto mais malcheiroso, melhor. Também gosta de pegar o sal e pimenta da mesa. Se alguma coisa estiver faltando dentro de casa, o primeiro lugar que procuro é na cama dele.

Zöe observou o cachorro, e ele, por sua vez, lançou-lhe um olhar de quem pedia para ser amado.

– Não vai fazer pipi no meu tapete?

– Não, ele é adestrado. Por isso, não late, quase não perde pelo e dorme cerca de 23 horas por dia. Ele não vai dar problema. Acho até que vai adorar ter um quintal para correr.

Zöe olhou do cachorro para Nick.

– Vai nos deixar entrar? Já tomei uma dose cavalar de antialérgico para enfrentar o seu gato. Podia ao menos dar uma chance ao Tucker.

Ele estava certo. Que trabalho poderia dar um cachorro enorme?

Esqueça. Ela não queria saber mesmo.

Zöe destrancou e abriu a porta.

– Desculpe pela bagunça. Não tive tempo de fazer a limpeza.

Nick e Tucker entraram e de repente a sua sala ficou menor. Nick retirou a guia e Tucker foi direto cheirar Zöe. Cheirou e olhou para ela como se esperasse por alguma coisa. Agora parecia ainda maior do que quando estava no portão.

– Ele é enorme!

– É bem grande, sim – disse ele ao tirar seu casaco de couro e pendurá-lo junto com a coleira do cachorro.

– Por que está olhando para mim?

– Está esperando que você o acaricie.

– Ah! sim. – Ela fez um carinho na cabeça dele. – Bom cachorro.

Sentindo-se bem acolhido, Tucker então partiu para explorar a casa, fazendo barulho ao arranhar o piso de madeira com suas unhas.

– Posso deixá-lo sozinho por aí? – perguntou ela.

– Sim, ele não vai fazer nada de mais.

Zöe olhou para a bagagem que ele havia trazido e achou estranho.

– Só trouxe isso?

– Deixei algumas coisas no carro. Imaginei que poderia ir em casa sempre que precisasse de mais roupa.

– Você pode se instalar no meu quarto de hóspedes – falou Zöe para sua surpresa.

– Não me lembro de ter concordado com isso.

– Bem, acho que o sexo só vai atrapalhar as coisas neste momento. – Isso ficou claro quando eles se beijaram à tarde no escritório. Seu cérebro ficou tão confuso com que ela teria concordado com quase tudo. – Acho melhor ir com calma. Vamos nos acostumar a viver junto. Precisamos saber se a relação não é só física.

– Acha mesmo que consegue resistir ao meu charme? – Nick quis saber.

Ela se esforçaria, mas pelo jeito dele não seria nada fácil.

– Vou tentar – ela disse.

Neste instante, Zöe ouviu um caminhar vindo da cozinha, depois um ganido, e Tucker surgiu correndo e derrapando no piso até encontrar Nick e se esconder atrás dele. Dexter, o gato enorme de quase quatro quilos, estava na cozinha calmamente lambendo uma das patas brancas como se nada no mundo importasse.

– Ele está sangrando. – Nick examinava o nariz de Tucker, indignado. – O seu gato atacou o meu cachorro.

– Na certa ele foi provocado. – Zöe estava orgulhosa de o seu gato ter protegido seus domínios. Nenhum cachorrão bobão seria páreo para ele. – Com o tempo vão aprender a conviver.

Assim como eles dois.

– Então, vamos colocar suas coisas no quarto – disse ela, meio sem jeito.

Nick a seguiu até um dos quartos que ficavam na parte de baixo. À esquerda ficava seu escritório, e à direita, o quarto de hóspedes. Entrou e viu cortina com babados e colcha de renda.

– Cor-de-rosa? Isto é um insulto à minha masculinidade. Talvez devesse dormir no sofá, ou armar uma barraca no quintal.

– Não seja infantil – disse ela ao jogar sua mochila sobre a cama. – Que tal pensar sobre o nosso jantar?

– Tudo bem.

– Podemos fazer o pedido e, enquanto esperamos, vamos apanhar o resto das suas coisas no carro.

Ele a seguiu até a cozinha e a viu abrir uma gaveta cheia de cardápios de todos os restaurantes da vizinhança.

– Está com vontade de comer alguma coisa em especial? – E, diante do seu olhar sedutor, ela acrescentou: – Além disso.

– Não sou nada exigente. Você é a grávida aqui. Escolha você.

Ela escolheu pizza. Sua comida preferida no momento. Quanto mais queijo e mais gordurosa, melhor.

Enquanto esperavam pelas pizzas, eles foram até o carro de Nick pegar o resto da sua bagagem. Quase tudo era para o cachorro, que permanecia deitado na sua cama na sala, abrindo os olhos de vez em quando para ver o que acontecia a sua volta. Na certa para se certificar de que o gato estivesse bem longe. Dexter estava refestelado no peitoril da janela da frente, fingindo ignorá-lo.

Nick já conhecia bem a sua casa, e levá-lo para conhecer as dependências era bem estranho. Ele se enxugaria com as suas toalhas, lavaria as roupas na máquina de lavar e usaria sua louça. Era íntimo e invasivo demais. Ela só se deu conta disso quando o viu no portão. Finalmente percebia como ficara acostumada a viver sozinha depois de dez anos. A maioria das mulheres da sua idade que conhecia só pensava em encontrar um companheiro. Mas ela só queria namorar sem compromisso.

Mesmo assim, tentaria fazer tudo funcionar.

O passeio pela casa terminou na cozinha, e quando Nick abriu a geladeira, ele fechou a cara. Estava vazia. Mas o freezer estava abarrotado de refeições congeladas de culinária light.

Ao olhar de reprovação dele, ela respondeu:

– Estavam com um preço ótimo. Então resolvi fazer um estoque.

– Não tem uma comida de verdade aqui? – ele perguntou. – Você não cozinha nunca?

Nunca. Esta era uma das poucas coisas que sua mãe não a obrigou a fazer. Tinha o péssimo hábito de queimar a comida. A última vez em que tentou preparar uma refeição, ela se esqueceu da frigideira no fogo e acabou incendiando a cozinha. A sua sorte foi o detector de fumaça funcionar e ela ter um bom extintor de incêndio.

– Confie em mim. O fato de eu não cozinhar torna a nossa vida bem mais segura aqui dentro.

Ela imaginou que ele fosse pedir explicações, mas não, ele só balançou a cabeça. Provavelmente pensou que seria melhor não saber.

– Além do mais, quem precisa de comida de verdade quando existem vitaminas próprias para a gravidez e refeições que podem ser entregues em casa? – ela perguntou animada.

Nick começou a abrir os armários, um atrás do outro, observando tudo o que faltava e balançando a cabeça. Será que achava que a comida apareceria de repente?

– O que está fazendo? – ela perguntou.

– Tentando memorizar o que preciso comprar. O que parece ser um pouco de tudo.

– Você pode comprar o que quiser, contanto que não espere que eu vá cozinhar – avisou.

– Talvez não saiba, mas eu entendo um pouco de cozinha. É uma das poucas coisas que me lembro de fazer com minha mãe.

Zöe percebeu sua tristeza ao dizer isso, mesmo que ele tentasse disfarçar. Como acontecia sempre que mencionava a mãe.

– Quantos anos você tinha?

– Cinco ou seis, acho.

– Então nessa época ela estava bem?

– Não sei se ela esteve bem alguma vez. Mas durante meses parecia normal, até os remédios deixarem de fazer efeito, ou ela parar de tomá-los por causa dos efeitos colaterais. Aos poucos foi ficando tão doente que nada mais adiantava. Eu tinha oito anos quando me tiraram de perto dela.

– E você nunca mais a viu?

– Não.

Zöe não podia sequer imaginar ficar anos sem ver seus pais. Sem saber onde estavam ou o que faziam.

– Ocasionalmente recebia uma carta dela, mas já faz seis anos que não recebo nenhuma. Ela mudou várias vezes de um asilo para outro que acabei perdendo contato.

– O que faria se a encontrasse? – Zöe perguntou.

– Tentaria colocá-la em um lugar seguro, onde cuidassem dela. A sua doença é degenerativa. Nunca irá melhorar ou poder conviver em sociedade normalmente. Mas agora já deve ter morrido.

Sua maneira de encarar o assunto era quase fria. Se não o conhecesse tão bem, talvez não notasse como estava triste. Teve vontade de puxá-lo e abraçá-lo. Como aguentava, sem saber se a mãe estava viva ou morta?

Sem saber se estava em algum lugar sofrendo sozinha com fome ou com frio?

– Está preocupada com o bebê? – perguntou ele.

– Como assim?

– Pelo fato de doenças mentais serem hereditárias?

Ela nunca pensou sobre isso. Não entendia muito sobre doenças mentais e menos ainda sobre genética.

– É caso para eu me preocupar?

– Os problemas mentais da minha mãe foram decorrentes de um acidente de carro que ela sofreu quando criança. Por isso, nosso bebê não estará predisposto a uma doença mental. A não ser que tenha alguém doente do seu lado da família.

– Meus pais tiveram nove filhos, o que já é uma insanidade. Mas, clinicamente, nenhum dos dois foi diagnosticado como doente mental. E nem na família, a não ser que seja um segredo para todos. E é uma família bem grande.

– Falando em família grande, nunca falamos sobre isso – disse Nick. – Se isto aqui funcionar e decidirmos nos casar, o que acha de ter mais filhos?

"Só sobre o meu cadáver", pensou ela. Como reagiria ele se ela fosse irredutível sobre não ter mais filhos?

Isto era assunto para mais adiante, quando soubessem o resultado desta experiência.

– Não sei ainda – disse, sem mentir por completo. Havia uma chance, mesmo que pequena, de ela querer mais um filho?

– Para mim é coisa decidida – acrescentou ele. Isso estava bem óbvio para ela, e pelo visto já começavam com um ponto de discórdia.

CAPÍTULO 5

ZÖE ACORDOU às 11h30 do sábado com a bexiga cheia e dolorida e um peso quente sobre os pés. Resolveu investigar o motivo do peso na outra extremidade da cama quando deu de cara com Tucker e seus olhos castanhos e carentes fixados nela.

– O que está fazendo aqui na minha cama? – Por sorte dela, Tucker era aquele tipo de cachorro que se sentia atraído por seres humanos que não gostavam dele. Ela o cutucou com o pé por baixo das cobertas. – Xô, sai daqui.

Tucker deu um longo suspiro e pousou a cabeça no edredom com um olhar triste. Instalado em cima da cômoda, Dexter observava tudo com ar de poucos amigos para o cachorro.

– Vá dormir na sua cama – ela o empurrou novamente. Ele lançou-lhe mais um olhar suplicante e ela apontou para a porta. – Fora.

Depois de um lamento, ele se levantou, pulou da cama, tilintando os penduricalhos da coleira, e trotou pelo quarto ao sair e descer as escadas.

Zöe sentou na cama e sentiu o estômago se agitar. Até agora tinha tido apenas um insignificante mal-estar matinal. Sempre sentia um pouco de enjoo quando acordava, mas que passava assim que comia um bolo ou um biscoito.

Levantou-se e vestiu seu roupão, mas não encontrou os chinelos onde tinha certeza de tê-los deixado.

Droga de cachorro.

Sonolenta, ela caminhou descalça pelo chão frio e desceu a escada até o banheiro. Sentiu um cheiro de alguma coisa parecida com comida, e seu estômago deu um gemido. Em seguida, um resmungo. Esvaziou a bexiga e escovou os dentes. Tentou domar o cabelo com a escova, mas terminou toda frisada.

Ora, se ele ia ficar aqui, teria que aprender a viver com o fato de ela sempre acordar com esta cara assustadora. Também notou que o banheiro tinha um cheiro masculino que não estava lá na manhã anterior. E quando abriu o armário, encontrou um monte de objetos masculinos de uso pessoal. Loção pós-barba, colônia, gel e um aparelho de barbear. Além de diversos outros frascos para homens. Balançou a cabeça, achando tudo aquilo muito estranho.

A caminho da cozinha parou e voltou para espiar a sala, pois achou ter tido uma visão. Mas não foi uma visão. Realmente, não havia mais bagunça nenhuma. Os jornais, revistas velhas e louça suja tinham sumido.

Nem pelo de gato tinha mais. Ele passou o aspirador de pó e limpou tudo.

Um homem que fazia faxina? Será que tinha morrido e estava no céu?

Tucker estava deitado em sua cama ao lado do sofá e de baixo da barriga dele apareciam as pontas dos seus chinelos cor de rosa.

– Devolva os meus chinelos, seu ladrãozinho.

Mas Tucker a fitava com olhos inocentes como se dissesse: "Que chinelos?"

Como tudo indicava que ele não os devolveria, ela se abaixou e os puxou. Por sorte não estavam mastigados e cobertos de baba. Caso contrário, teria que mantê-los na prateleira de cima do armário.

Encontrou Nick na cozinha, junto ao fogão, fazendo algo parecido com uma omelete. Usava uma camisa de flanela vermelha, com as mangas dobradas até o cotovelo, acentuando seus ombros largos. Vestia uma calça jeans desbotada que não era nem justa nem larga demais e botas de couro.

– Que cheiro bom.

Nick se virou para cumprimentá-la.

– Bom dia.

Ele já tinha feito a barba, tomado banho e parecia feliz da vida. Olhou para ela de cima a baixo e perguntou.

– Você dormiu bem?

– Sabe aquele tipo de mulher que acorda com um rosto descansado e radiante? Pois bem, não sou uma delas.

Ele limitou-se a sorrir. Devia saber que ficar em silêncio era a atitude mais sensata. Dizer que ela não estava deplorável seria mentir, mas admiti-lo poderia magoá-la.

Garoto esperto.

– Obrigada pela faxina – disse ela. – Não precisava.

– Se vou morar aqui, farei a minha parte. – Virou-se para o fogão e emendou: – Tem suco na geladeira e os ovos estarão prontos em poucos minutos.

Suco?

Mas ela não tinha suco na geladeira, só uma garrafa de leite desnatado com o prazo de validade vencido. Aliás, também não tinha ovos. E nem o bacon que estava na frigideira ao lado dos ovos inexistentes. E nem os bolinhos de batata em forma de hambúrgueres que estavam na torradeira.

– De onde surgiu tanta comida?

– Fui comprar.

Ele também fazia compras de supermercado? Então ela estava no paraíso.

– Se está tentando me impressionar, você conseguiu. – Ao abrir a geladeira, ela a encontrou apinhada de comida. Leite, suco, ovos, frutas e verduras frescas. Será que ele lavava janelas também? – O que mais você fez hoje?

Nick pegou dois pratos no armário. Já sabia onde ela guardava os utensílios de cozinha.

– Corri, depois tomei banho, limpei a casa, fiz compras e ainda passei lá em casa para pegar mais algumas coisas minhas.

– Nossa! A que horas você acordou?

– Às 5h.

– Mas hoje é sábado!

– O que posso fazer se gosto de acordar cedo?

– Me desculpe, mas isto não está certo. – Claro, era muito bom acordar e encontrar o café da manhã pronto. Serviu-se de um pouco de suco de maçã orgânico... *Orgânico?* E sentou-se na mesa. Nick pôs um prato na sua frente: ovos, bacon, bolinhos de batata e torradas com manteiga. Seria manteiga de verdade? – Está com uma cara ótima, obrigada.

Nick se sentou à sua frente e escorregou o corpo no banco para ficar mais baixo, encostando os joelhos nos dela. E invadiu o seu espaço. O homem era muito espaçoso.

Ela fechou os olhos e fez uma oração em silêncio. Um hábito adquirido em criança devido à sua educação católica rigorosa. Algumas tradições eram difíceis de romper.

Nick começou a saborear o seu café da manhã, com muito gosto e entusiasmo, como tudo que fazia. Sem dúvida, era uma pessoa que gostava de se entregar aos prazeres da vida.

Zöe, por sua vez, bicava sua comida, comendo pequenos pedaços que engolia junto com o suco.

– Está sem fome? – perguntou Nick.

– Não. – Ela deu uma mordida numa pontinha da torrada. – Só um ligeiro enjoo matinal.

– Posso ajudá-la de alguma forma?

– Podia ter o bebê para mim – sugeriu ela.

Ele achou graça.

Depois de uns minutos beliscando, ela se recuperou do mal-estar e sentiu sua fome voltar. Zöe não comia muita coisa de manhã, normalmente, mas depois que passou o enjoo, limpou o prato todo. Ainda foi no de Nick pegar um pedaço de bacon que ele deixara.

– Sem fome, hein?

– Parece que a fome era maior do que eu pensava.

Nick se levantou da mesa e tirou os pratos.

– Vou dar um pulo no escritório. Você quer vir?

Zöe já passava todos os dias da semana no escritório, por isso não abria mão do seu fim de semana.

– Acho que não.

Zöe nunca lavava a louça em seguida à refeição, geralmente demorava algumas horas ou até dias para fazê-lo. Mas hoje, por puro sentimento de culpa, pegou os pratos e copos e os colocou na lava-louça.

– Segundo o serviço de meteorologia, hoje vai esquentar um pouco, por isso planejei me dedicar à jardinagem. Preciso plantar as minhas palmas.

– Sendo assim, eu fico para ajudá-la.

– Nick – disse Zöe enquanto secava as mãos na toalha. – Morar aqui não quer dizer que estamos presos um ao outro. Não precisamos passar o dia inteiro juntos.

– Não pretendo ter exclusividade sobre você. Mas também não vou considerá-la uma simples companheira de quarto. – Ele colocou a mão áspera sobre o ombro de Zöe e o seu calor começou a provocar coisas estranhas dentro dela. – Se vamos fazer isso, vamos fazer direito. Somos um casal, agora.

Um casal de idiotas que achava que isto funcionaria? Ou de tolos que não percebiam que eram diferentes demais para esse tipo de relacionamento?

Ter à mão um homem grande e forte tinha lá suas vantagens, isso era verdade.

Zöe levou dois ou três fins de semana trabalhando a terra para preparar um novo canteiro de flores e deixá-lo pronto para plantar. O que significava duas ou três semanas de braços e costas doloridos, além de unhas cheias de terra. Nick, forte como era, levou três horas para revolver a terra e deixá-la encharcada.

Ela até se ofereceu para ajudar, mas ele disse que jamais deixaria uma mulher no estado dela fazer o trabalho de um homem. Em tempos normais, um comentário deste tipo resultaria em uma pazada na cabeça, mas aí ele começou a enterrar a forquilha na terra e ela se distraiu observando os músculos da sua coxa saltando por baixo do jeans surrado. E a forma como se ajustava ao seu traseiro.

E à medida que a temperatura ia subindo, Nick foi tirando a roupa. Primeiro, a jaqueta, depois a blusa de moletom. Zöe não conseguia mais manter o foco na sua tarefa de arrancar as ervas daninhas e separá-las para fazer adubo mais tarde. Estava mais interessada em olhar para os músculos de Nick delineados sob a camiseta branca ensopada de suor.

Como seria tocá-lo novamente? Como reagiria se ela se levantasse agora para acariciar-lhe as costas?

Ela desviou-se de tais pensamentos. "Não pense em bobagens, Zöe. Nada de toques. Pelo menos, não agora. Não até que fique claro que a relação não está baseada somente em sexo", ordenou para si mesma.

Ele era tão... viril. E ela estava padecendo por excesso de estrogênio, ou qualquer que fosse o hormônio que fazia uma mulher querer molestar todo homem que visse.

Olhando para ele ninguém diria que foi criado no meio de gente rica e sofisticada. Claro que Nick não dava a impressão de ser um bandido. Ele usava calça jeans e camisa de flanela com a mesma elegância com que muitos homens usavam terno com colete. Quando Nick entrava em uma sala, de qualquer tamanho, ele se destacava de todos. Chamava atenção pela força e pelo caráter, com sua autoconfiança exacerbada e grande presença. Mas era tão calmo que impressionava sem intimidar ninguém.

Também era um amigo leal e um chefe justo. Nick era do tipo de pessoa com quem se pode contar.

O que não significava que fosse uma pessoa fácil de derrotar. Ninguém o enganava com facilidade. Podia ter uma paciência enorme, mas não gostava de ser traído. Era melhor não mexer com ele.

Zöe sentiu um tranco em seu ombro e, quando se virou, deu de cara com um focinho no seu rosto. E antes que pudesse reagir, Tucker sapecou-lhe uma lambida carinhosa na boca.

– Ai, que nojo! – Ela limpou freneticamente a boca cheia de baba na manga do suéter. – Vá embora, animal asqueroso!

Nick se virou para ver o que era.

– O que foi?

– Seu cachorro acabou de babar no meu rosto.

Nick riu e ela imaginou que ele tivesse treinado o cão para fazer isto para irritá-la.

– Esta é forma que tem para dizer que gosta de você.

– Será que não podia encontrar um jeito menos asqueroso de demonstrar afeição? De preferência um jeito sem babar?

Ele enterrou a forquilha na terra e se apoiou em seu cabo, enquanto uma gota de suor corria no seu rosto.

– Estive pensando sobre a combinação que fizemos e me lembrei de que, apesar de já termos saído juntos muitas vezes, nunca fizemos um programa como um casal – disse.

– Como se fosse um encontro?

– Exatamente. Então pensei se você não gostaria de sair hoje à noite.

– Como um casal? – perguntou.

– Poderíamos jantar e ir ao cinema.

Interessante.

– Como se fosse um encontro romântico?

– Sim.

Zöe não fazia um programa desse tipo há tanto tempo que nem se lembrava mais de quando. Sua vida social estava muito devagar ultimamente. A maioria dos homens parecia querer uma única coisa, e tinha que ser logo na primeira vez que saíam. Ela não fazia restrições ao sexo antes do casamento, claro, mas achava que antes de ir para a cama, duas pessoas podiam se conhecer um pouco.

– Eu engravidei, você se mudou para cá e agora me convida para sair. É incrível como estamos fazendo tudo na ordem inversa, não acha?

– Isso quer dizer que aceitou o meu convite?

– Sim, adoraria sair com você.

Nick olhou para o canteiro que ainda não terminara.

– Ainda vou levar uns 15 ou 20 minutos aqui. Depois disso vou tomar um banho.

– Eu também. Sendo assim, vou tomar o meu banho primeiro, enquanto você termina a jardinagem.

Ela se levantou, sacudiu a terra das luvas e da calça jeans. Pensou que teria de se acostumar a tomar banho sabendo que ele estava na sua casa. Talvez, se ela se apressasse, podia entrar e sair do banho antes que ele voltasse para dentro de casa.

A não ser que ele pretendesse economizar água e energia, ao mesmo tempo...

"Não pense em bobagens, Zöe", disse sua voz interior.

Não, não haveria banho compartilhado. Ainda não. Mas era uma coisa que os casais faziam, certo?

– Mais uma coisa – gritou Nick depois que ela entrou em casa. Ela se virou e viu Nick lançando-lhe aquele olhar sensual.

Minha nossa, o que será que ele queria desta vez?

– Como vai ser um encontro romântico para valer, vou querer um beijo de boa noite.

NICK OBSERVAVA Zöe no escuro. Sentada ao seu lado no carro, ela apoiara a cabeça no vidro da janela e tinha um lenço úmido embolado na mão. Desde que saíram do cinema, o seu choro foi aos poucos se transformando em ocasionais soluços e depois em fungação.

Se fosse avaliar o desastre que tinha sido o primeiro encontro, numa escala de um a dez, eles tinham alcançado a nota 11. Mas como o encontro só terminaria, oficialmente, quando chegassem em casa, poderia acabar bem ou muito pior ainda.

O primeiro obstáculo foi chegar a um acordo sobre o filme. Ela queria ver um filme de arte estrangeiro, em Birmingham, e ele queria assistir o último lançamento sobre artes marciais.

Depois de muito argumentar, eles tinham chegado a um consenso. Ele cedeu e concordaram em ver uma comédia romântica.

Em contrapartida, ela deixou que Nick escolhesse o restaurante. Assim, ele optou por um de comida oriental, em Southfield, cuja cotação era de quatro estrelas e do qual já ouvira dizer maravilhas. O que lhe serviu de lição. Nunca alimente uma grávida com comida estranha ou exótica. Logo que o garçom colocou os pratos na mesa e ela viu o aspecto e sentiu o cheiro, seu rosto já começou a ficar meio verde. Depois disso, bastou uma garfada para ela sair correndo para o banheiro.

Zöe fez questão de esperar do lado de fora do restaurante enquanto ele pagava a conta e a garçonete providenciava embalagens para viagem da refeição que não comeram.

Como ambos estavam com fome, pararam em uma lanchonete para comprar hambúrgueres e fritas, que comeram a caminho do cinema.

Ele não costumava gostar desse tipo de filme, mas até que não era tão ruim quanto pensou, e durante o tempo que passaram na sala de projeção, felizmente não aconteceu nada. Pelo menos até o fim, quando Zöe começou a chorar copiosamente. O que foi meio estranho, já que o filme teve um final feliz. Mas ela chorou tanto e com tanto sentimento que ele praticamente teve de carregá-la na saída do cinema.

Várias das mulheres presentes olharam para Nick com reprovação, como se ele tivesse alguma culpa pela tristeza dela, e ao mesmo tempo ganhava a simpatia dos acompanhantes masculinos.

Nick não entendeu e nem soube o que fazer naquela conjuntura. Só tinha uma certeza, o tão esperado beijo de boa noite, na certa, não aconteceria. E quanto a seduzi-la, então, nem pensar.

Ao seu lado, Zöe fungava e enxugava os olhos com o lenço.

– Você está bem? – ele perguntou e deu um tapinha no seu ombro.

Ela assoou o nariz e falou, chorosa.

– Arruinei o nosso primeiro encontro.

Arruinar foi uma palavra forte demais. Nem tudo estava perdido.

– Você não arruinou nada.

– Passei mal no restaurante e depois tive uma crise de choro no cinema.

Ele quase disse que poderia ter sido pior, mas ainda não tinham chegado em casa. Melhor não facilitar com o destino.

– E se isso for um aviso? – interrompeu ela com um soluço. – E se esta for a maneira de Deus nos dizer que o nosso relacionamento vai ser um desastre? Talvez seja um castigo por termos feito sexo antes do casamento.

Ele nunca passou tanto tempo com uma mulher grávida antes, mas com certeza esta era uma daquelas oscilações de humor de que tanto ouvira alguns futuros pais relatarem.

– Zöe, isto não deve ser intervenção divina, mas uma simples reação hormonal.

– Esta foi a primeira vez que saímos. Era para ser especial.

Foi muito estranho, mas apesar de o rosto dela estar inchado e vermelho e o nariz escorrendo, ele nunca a viu mais bonita.

Não era muito comum ele poder tomar conta de Zöe, já que era tão capaz e independente. Estava feliz por saber que ela precisava dele, e que tinha também um lado vulnerável.

– O fato de estar com você já tornou a noite especial. – Ele aproveitou para segurar sua mão.

No escuro, Zöe o encarou com olhos vermelhos e o rosto banhado em lágrimas.

– Isto foi tão delicado.

Mas nem tão delicado que despertasse nela a vontade de passar o resto da vida com ele.

As palavras estavam na ponta da língua, mas ele não disse nada. Não pretendia obrigá-la a se casar com ele.

Se algum dia isso viesse a acontecer, que fosse por vontade de Zöe.

E se nunca acontecesse? E se ela decidisse que não queria se casar com ele?

Bem, enfrentariam o problema quando ele surgisse.

CAPÍTULO 6

DOMINGO, FELIZMENTE, foi um dia tranquilo. Zöe acordou e mais uma vez encontrou o café da manhã pronto e, depois da cozinha limpa, ela e Nick ficaram descansando, conversando e lendo os jornais. Nick estava na poltrona reclinada e Zöe dividia o sofá com o cachorro, que em dois dias já se tornara sua sombra. Mais tarde Nick assistiu futebol na televisão e tomou cerveja enquanto ela se esforçava para se lembrar de suas aulas de tricô, na esperança de fazer uma manta para o bebê.

Tudo ali era tão... doméstico. E mesmo que ela nunca tivesse sido fã de futebol, ou qualquer outro esporte, era gostoso estar junto com ele no mesmo ambiente, cada um fazendo as suas coisas. Foi tão... tranqüilo.

Não era assim que seus pais viviam em casa? Ao menos quando não estavam trabalhando, o que não era muito frequente. O pai se instalava no sofá enquanto a mãe corrigia trabalhos escolares ou fazia algum conserto de roupa.

Talvez fosse o que todo casal de verdade fazia.

Nick fez autênticas *enchiladas* mexicanas bem temperadas para o jantar, que ficaram deliciosas como havia prometido. E talvez por isso ela tenha acordado na segunda-feira com o estômago revirado.

Não conseguiu sair para o trabalho antes das 10h. E assim que chegou no escritório, imaginou que teria problemas quando viu Shannon sentada na sua mesa, com um olhar decidido.

O beijo.

Ficou tão envolvida com o fato de morar junto com Nick, que se esqueceu que alguém no escritório tinha visto os dois se beijando na sexta-feira. Obviamente, o assunto já era de domínio público, e Shannon agora queria uma explicação.

Zöe tirou a jaqueta e desabou na cadeira em frente à sua mesa, já que a sua estava ocupada.

– Vamos lá. Diga logo o que quer saber – falou ela.

– Como se já não bastasse você esconder de mim que estava de caso com o chefe...

– Encantadora – comentou Zöe.

– Esta manhã ainda atendi um telefonema do consultório médico para informá-la de que os pedidos para as vitaminas essenciais para a gravidez já estão à disposição.

Droga. Zöe ficou lívida.

– Por acaso se esqueceu de me contar alguma coisa? – perguntou Shannon com ar crítico.

Zöe estremeceu. Já estava aborrecida pelo beijo ter virado notícia dentro da empresa. Mas agora tudo podia piorar se soubessem sobre a gravidez.

– Você me magoou.

Mas ela não parecia magoada. Parecia pronta para caçoar de Zöe. O que era mais o seu estilo. Todos na empresa já sabiam disso e não levavam para o lado pessoal. Shannon se inclinou à frente, colocou os cotovelos sobre a mesa e apoiou o rosto nas mãos.

– Mas tendo em vista que, graças a você, devo ter ganhado uns 538 dólares, talvez a perdoe – disse Shannon.

Como assim, 538 dólares?

– E como foi que eu consegui essa façanha?

– Ganhei o bolo de apostas.

– Bolo de apostas? – perguntou Zöe. Estava com uma estranha sensação de que não queria ouvir a resposta.

– Toda vez que Nick foge de um casamento, nós fazemos um bolo de apostas de quanto tempo ele vai levar até arranjar uma substituta. Apostei em uma semana – disse Shannon.

– Então, o pessoal do escritório vem fazendo apostas sobre a vida particular de Nick? – Como ela nunca soube disso?

– O clima entre vocês dois está diferente desde o casamento frustrado dele. Vocês se olham longamente quando o outro não está vendo. Eu apenas juntei as coisas. E eu estava certa, não?

Não queria entrar nessa discussão e nem estava disposta a dar explicações. Então, limitou-se a dizer.

– Quem sabe?

– E quanto ao beijo de vocês, todo mundo já sabe. Foi Tiffany quem os pegou em flagrante.

– Claro. Ela nunca bate na porta antes de entrar. – Ela também falava demais, e Zöe tinha quase certeza de que existia uma paixão recolhida por Nick.

– E quanto à gravidez? Para quem você já contou? – Shannon estava curiosa, mas recostou-se na cadeira e não parava de falar. – Veja como é complicado. Se não contar a novidade para todo mundo, terei dificuldade em provar quando tudo aconteceu e o fato de que ganhei. Pensei no que era mais importante para mim. A nossa amizade ou eu poder comprar uma televisão de 40 polegadas, de tela plana, que estou namorando faz tempo. Ainda por cima ter como recompensa muitas semanas de sexo fantástico com meu marido agradecido.

– Então tudo acaba nesta encruzilhada entre a nossa amizade e sexo em abundância?

– Você pode não acreditar, mas depois de três filhos e dez anos de casamento, o sexo torna-se uma raridade.

Zöe percebeu que o seu segredo estava com os minutos contados.

– Então, o que você decidiu?

– A nossa amizade vale mais para mim. Mas, querida, você vai ficar me devendo – disse Shannon, fingindo um sorriso.

– Obrigada – disse Zöe quase chorando. Tudo encenação, claro, já que ela nunca chorava.

Só que a história não acabaria assim tão fácil.

– Mas isso não significa que eu não queira saber de todos os detalhes, então pode começar a falar – disse Shannon.

– Não foi planejado – contou Zöe. – Foi apenas uma noite. Como resultado do excesso de champanhe.

– Mas acabou sendo surpreendida?

– Foi um acaso – ela concordou.

– Não foi um acaso, Zöe – Shannon a corrigiu.

Bem que Zöe gostaria de acreditar nisso.

– Ele me pediu em casamento – confidenciou Zöe.

– Uma atitude típica de Nick. O que você respondeu?

– Disse-lhe que não estava preparada para isso. Decidimos viver juntos para começar.

– Uma atitude típica, vindo de você.

– O que quer dizer com isso? – estranhou Zöe.

– Não me leve a mal, Zöe, mas você não gosta de correr riscos. Você quer manter as pessoas a uma certa distância.

– Isso não é verdade – disse ela, ofendida.

– Somos amigas há muito tempo. E você sabe quase tudo sobre a minha vida, certo?

– Acho que sim.

– E quanto a você? O que foi que me contou sobre a sua família?

Zöe pensou e tentou se lembrar do que teria contado a Shannon, e nada.

– Bem, você sabe que venho de uma família grande – ela falou, sem graça.

– Vocês são nove irmãos, mas não sei quantas irmãs e quantos irmãos. Nem os seus nomes. Sei que cresceu em Petoskey, mas nunca me disse como era lá. Como foi a sua infância. Nunca falou sobre a escola ou seus amigos. Para fazer você se abrir sobre qualquer coisa é uma dificuldade. Tem muitos amigos aqui, além de Nick, mas ninguém conhece você profundamente.

Ela detestava ter que admitir, mas Shannon estava certa. Zöe não tinha intimidade com quase ninguém. Só com sua irmã e Nick. Mas com Nick não fora uma escolha sua. Ele tinha se insinuado na vida dela, se instalando como um hóspede que nunca partia. E ela ainda resistia até agora.

Será que Shannon tinha razão? Será que ela queria mesmo manter as pessoas à distância?

Pensou então que talvez a sua aversão ao casamento não fosse decorrente da história familiar, mas uma característica peculiar da sua personalidade. Talvez nunca tivesse aprendido a se abrir com as pessoas. E, se não mudasse isso, que tipo de futuro ela e Nick poderiam ter? Se é que teriam algum futuro. E se resolvesse não se casar? Será que continuariam amigos? Ou ficariam ressentidos um com outro?

Aquele pensamento fez seu coração estremecer de medo.

Nick era muito importante na sua vida. O que faria sem ele?

Se pretendia fazer o relacionamento deles funcionar, teria que aprender a se abrir com ele.

– Não estou dizendo isto para magoá-la – disse Shannon, quase se desculpando. – Você é uma pessoa boa e generosa. E eu a considero uma grande amiga. Por isso gostaria de vê-la se acertar com Nick. Talvez não saiba, mas vocês nasceram um para o outro.

– Disse a ele que seria sem sexo – falou Zöe de repente, sem pensar, para em seguida enrubescer de vergonha. Por que teria dito aquilo?

Shannon se espantou.

– Sem sexo? Nunca mais?

– Não. Só até estarmos seguros de que a relação não é só física.

– Em dez anos de amizade, vocês tiveram uma única noite de sexo e você está preocupada com que a relação seja apenas física?

Zöe nunca tinha percebido o quanto isto parecia ridículo. E como deve ter soado ridículo para Nick. O que estaria ele pensando?

– Você acha que evitar fazer sexo com ele é o melhor jeito de fugir da intimidade?

– Querida, não importa o que penso. A questão é: o que você acha?

Zöe tinha insistido que primeiro morassem juntos como forma de adiar uma decisão. Decisão essa que não deveria ser difícil desde o início. Após dez anos de amizade, já era para saber o que sentia. Ou ela o amava ou não.

E se ela não o amasse, talvez fosse porque não tinha se permitido amá-lo.

Nick havia sido incrivelmente paciente com ela até agora, mas em algum momento ele se cansaria disso. Como poderia se arriscar a perder o homem que tinha sido destinado a ser seu para o resto da vida?

Ela precisava tomar uma decisão e tinha que ser logo.

– NÃO QUERO saber qual é a desculpa – Nick estava gritando ao telefone. John Miglione, seu contramestre, acabara de lhe contar que um dos novos funcionários saiu para almoçar e não voltou, pela quarta vez aquela semana. Além disso, toda semana ele ficava doente. A pior coisa para Nick era ter que despedir um funcionário, mas precisava de gente com quem podia contar. Qualquer empresário esperto sabia que para sobreviver nos negócios era preciso ter gente competente do seu lado. Quem não queria trabalhar tinha que ser dispensado.

– Diga-lhe que se acontecer mais uma vez ele perde o emprego – avisou Nick.

– Certo, Nick. E tem mais uma coisa – disse John.

Ele permaneceu em silêncio por uns instantes como se escolhesse as palavras para falar e Nick sabia exatamente o que ele queria perguntar.

– Já sei o que você vai perguntar, então acabe logo com isso.

– É verdade o que dizem sobre você e Zöe? – John quis saber.

– Não sei o que foi que você ouviu.

– Que Tiffany pegou vocês no maior flagrante.

– Tiffany exagerou. Foi só um beijo.

– Isso significa que vocês dois...

– Talvez. Vamos fazer uma experiência.

– Bem, já não era sem tempo – disse John.

Nick balançou a cabeça.

– Sabe que você é a terceira pessoa que diz isso hoje?

Naquele momento, Zöe apareceu na porta. Nick levantou o dedo para indicá-la que só levaria mais um minuto.

– Então, parece que todo mundo já entendeu, menos você. Dê um beijo nela. Falo com você mais tarde – disse John, rindo.

Nick balançou a cabeça, desligou o telefone e então se voltou para Zöe.

– Algum problema?

– Está muito ocupado agora? – perguntou ela.

– Não. John acabou de ligar para falar sobre O'Connell. Mais uma vez ele saiu para almoçar e não voltou. Parecia ser um cara legal quando o contratamos. Era até mais qualificado para a função do que o necessário, mas age de uma forma irresponsável.

– É uma pena. – Ela fechou e trancou a porta da sala.

Será que tinham uma reunião marcada e ele se esqueceu? E se era uma reunião, por que a porta fechada?

Zöe cruzou a sala, sem dizer uma palavra, e contornou sua mesa cheia de determinação.

Nick não sabia exatamente o que ela pretendia fazer, mas alguma coisa estava acontecendo.

– O que foi? – perguntou ele.

Com os olhos fixos nele, Zöe começou a desabotoar a blusa. Nick a viu se desvencilhar da blusa e deixá-la cair no chão. Estava atordoado demais para fazer qualquer movimento quando ela veio sentar-se no seu colo. De frente para ele, Zöe abriu as pernas para sentar-se como se montasse em um cavalo. Sua saia subiu embolada, deixando as coxas de fora enquanto o abraçava pelo pescoço e o beijava.

Não era um simples beijo, mas um assédio sexual. Uma abordagem molhada e profunda à sua boca. E ele estava totalmente indefeso.

Nick sabia que ela era passional, mas, nossa, não esperava tanto.

Ela se banqueteou em sua boca, enfiou os dedos no seu cabelo e arqueou o corpo de encontro do dele. O conduziu como se fosse o seu próprio parque de diversões.

Entregava-se a ele com entusiasmo, mas alguma coisa estava faltando, algo que ele não sabia dizer o que era.

Sentiu quando ela tentou puxar sua camisa de dentro da calça jeans e depois lutar para abrir o cinto.

O que estaria acontecendo?

Ele não era de recusar sexo, mesmo que fosse no meio da tarde e em plena sala de trabalho. Na verdade, só de pensar em fazer sexo com Zöe, em qualquer lugar, já era suficiente para deixá-lo louco, mas tinha algo de errado aqui. Ela o beijava e esfregava os seios cobertos de cetim e renda no peito dele, e nem assim ele sentia vontade. Nem desejo sentia.

Ele a pegou pelos ombros e a afastou um instante para perguntar.

– O que está fazendo?

– Seduzindo você – disse Zöe, como se isso fosse óbvio e parecendo mais irritada do que excitada.

– Isso eu estou vendo, mas por quê?

Zöe olhou para ele como se falasse em outra língua.

– Por quê?

– Você disse que queria esperar – lembrou-lhe Nick.

– Será que posso mudar de opinião?

– Claro que pode. – Nick desconfiou que ela não tinha mudado de opinião, talvez fosse outra coisa. Parecia agir sem convicção.

– Diga-me a razão.

– E precisa haver uma razão? Droga! Pensei que você fosse adorar minha investida, que a esta hora já teria me deixado totalmente nua.

– Em condições normais, sim. Mas você não está me convencendo. Parece que se sente obrigada a fazer isto ou que eu a esteja forçando.

– Você não está me forçando.

– Desculpe, mas alguma coisa aqui está errada.

– Está me rejeitando? – Ao dizer isso, surgiu uma delicada ruga entre suas sobrancelhas.

Era difícil de acreditar. Não se lembrava de ter rejeitado uma única mulher na sua vida.

– Pelo menos até você me dizer o que está acontecendo. Por que a súbita mudança de atitude?

Zöe saiu do colo de Nick e pegou a blusa do chão para se cobrir.

– Pensei que você quisesse isso.

Percebeu que a tinha magoado, mas precisava saber o que estava acontecendo. Tinham de ser honestos um com o outro, do contrário o relacionamento não daria certo.

– É o que quero, com certeza, mas será que você também quer?

Zöe estava confusa com aquela conversa.

– Não compreendo. Eu estou aqui, não estou?

– Zöe, por que veio até aqui?

Ela vestiu e abotoou a blusa.

– Você sabe o motivo.

– Estou perguntando o que foi que motivou você a vir.

– Queria fazer sexo com você.

Ele já estava perdendo a paciência. Isto não os levaria a lugar nenhum.

– Vamos tentar outra coisa. Vou definir um cenário e você vai me dizer se estou certo, está bem?

Ela acenou com a cabeça enquanto alisava a saia com a mão para tirar o amarrotado.

– Você estava na sua sala pensando em mim e naquela noite no hotel. Ficou tão excitada que não quis esperar nem mais um minuto para se deitar comigo, por isso veio correndo até minha sala.

Como ela não disse nada, ele perguntou:

– Foi isso?

– Hã?

Nick não se surpreendeu, só estava desapontado.

– Converse comigo, Zöe. Fale para mim o que está acontecendo.

– Concluí que, se não fizesse sexo com você logo, talvez você se cansasse de esperar. Poderia conhecer alguém. Alguém... melhor.

Aquilo foi a coisa mais idiota ele já ouvira.

– Ao contrário do que possa parecer, um homem pode passar três dias ao lado de uma mulher sem ter sexo. – Recostou-se na cadeira e cruzou os braços sobre o peito. – Já aconteceu de ficar uma semana inteira. E, caso isso se prolongue por muito tempo, nada me impede de resolver o problema com minhas próprias mãos, se é que você me entende.

Zöe ficou vermelha e olhou para baixo, encabulada. E Nick ficava impressionado como uma mulher que gostava de falar tanta indecência na cama podia ficar envergonhada com este tipo de conversa.

Nick bateu nas próprias pernas e falou para ela:

– Venha, sente-se aqui.

Para quem tinha se jogado para cima dele cheia de atitude, era engraçado vê-la hesitar agora. Zöe sentou empertigada no colo dele e puxou a saia para encobrir melhor as pernas.

Ele a pegou pela cintura e a trouxe mais para perto, deixando o traseiro firme no seu colo.

Bem melhor assim.

– Então? O que fez você pensar que eu dispensaria você se não dormisse comigo?

Ela o fitou com olhos confusos.

– Eu evito ficar íntima das pessoas.

– Do que está falando?

– Sou muito fechada. Não me abro com as pessoas. Você vai se cansar de conviver comigo e vai acabar procurando outra.

Onde é que ela ouviu isso? Como uma mulher tão inteligente podia agir desta forma tola?

– E isto vai ser resolvido com sexo?

– Já é um começo.

– Você acha, sinceramente, que sou assim tão superficial?

Ela balançou a cabeça, sentindo-se culpada por ter pensado tal absurdo.

– Não adiantaria fazer sexo dez vezes ao dia se eu achasse que você não tinha nenhum envolvimento emocional comigo.

– Nunca pensei sobre isso – disse ela.

– Acho que não. – Ele juntou uns fios do cabelo dela para colocá-los atrás da orelha. – Você deve ter tido um bom motivo para querer esperar e vou respeitar isso. Se não está pronta, tudo bem, eu entendo.

– Mas aí é que está o problema. Não tenho certeza se era uma boa razão. Somos amigos há anos e nunca fizemos sexo. Então, por que achar que a relação era só física? E não é o caso de não querer sexo. É só nisso que penso ultimamente. Ao menos quando não estou enjoada ou chorando.

Nick sorriu.

– Tenho o péssimo hábito de ficar olhando para o seu traseiro. Eu nem olhava antes. Mas agora não consigo tirar os olhos dele. Quero tocá-lo. Quero tocar todo o seu corpo. Então, por que ainda estou evitando fazer sexo com você? – perguntou ela.

Ele encolheu os ombros. Zöe ficava adorável quando estava confusa e frustrada.

– Deve ser porque não quero deixar ninguém se aproximar de mim.

– Ou por já estar lidando com um assunto sério e não está preparada para enfrentar um relacionamento íntimo.

– Acha mesmo isso? – perguntou ela.

– Zöe, quando fizer amor com você, quero que seja igual àquela noite no hotel. Quando me desejou tanto quanto eu a você.

– Foi muito bom, não foi?

– Ah, foi.

Ela pegou o rosto dele nas mãos. A pele dela estava quente e macia e cheirava a sabonete.

– Sabe de uma coisa? Você é um cara muito legal.

Então ela o beijou. Um beijo doce e carinhoso e com tanto afeto que quase o derrubou da cadeira.

Agora, sim. Ele preferia beijá-la desse jeito por cinco minutos a passar a noite inteira fazendo sexo sem sentido.

Naquela noite no hotel já percebera uma ligação profunda entre eles. Algo que ambos fingiram não ver. Talvez ela não estivesse pronta para aquele último passo. Mas com o tempo ficaria.

Disso ele tinha certeza.

CAPÍTULO 7

QUANDO ZÖE parou o carro na porta de casa naquela noite, já havia um carro estacionado lá.

– Droga!

Era nisso que dava ficar se esquivando dos telefonemas da irmã. E por ter dado a ela uma cópia da chave. No fundo ela sabia que se não se abrisse para contar seus problemas, Faith apareceria de surpresa para investigar.

Provavelmente, no seu subconsciente, ela queria que a irmã viesse, pois assim teria alguém para dizer-lhe o que fazer.

Estacionou seu conservado Volvo ao lado do carro da irmã, um Miata vermelho, seu pequeno carro esporte. Sempre tiveram gostos opostos. Zöe era responsável, e Faith, rebelde.

Quando eram garotas, Faith insistia com a irmã mais velha para que se divertisse, que não fosse tão séria, mas Zöe estava sempre preocupada em evitar que Faith se metesse em encrenca. Seus pais nunca saberiam quantas vezes ela ajudara a irmã mais nova a sair de casa escondida, depois da meia-noite, para namorar ou ir a festas.

Pegou suas coisas no carro e encaminhou-se para a porta da frente.

– Cheguei – gritou Zöe ao entrar em casa.

Faith apareceu na cozinha com seu cabelo ruivo cortado bem curto e cheio de pontas duras de gel, contrastando drasticamente com o cabelo comprido de cachos até a cintura que tinha da última vez em que se viram. Vestia um jeans preto justo e um suéter do mesmo tom de verde dos seus olhos.

Ela veio correndo de salto alto pela sala para abraçar a irmã.

– Surpresa!

– O que está fazendo aqui? – perguntou Zöe, sufocada pelo cheiro do perfume e do spray de cabelo da irmã.

– Não adianta fingir que não sabe por que estou aqui. Quando você não retorna as minhas ligações, é sinal de problema.

– Não estou com problemas, juro. – Deu um passo atrás para analisar a irmã de cima a baixo. Como sempre, estava perfeita. Usava a maquiagem na dose certa para valorizá-la, sem exageros. Suas unhas estavam no tamanho certo, pintadas num bonito tom de rosa. Atraente sem ser vulgar. Faith sempre foi a mais bonita das irmãs. – Você está linda! Adorei o seu novo corte de cabelo.

– E você parece exausta. Agora, não mude de assunto. Que cachorro enorme é esse na sua casa e de quem são aquelas roupas masculinas no quarto de hóspedes?

– O cachorro e as roupas são de Nick. – Zöe olhou em volta procurando o cachorro e imaginando por que ele não tinha aparecido ainda para vê-la. Já estava acostumada com seu hábito de cheirá-la e babá-la sempre que chegava em casa. – Onde está o cachorro?

– Eu abri a porta e o deixei sair. E por que Nick está hospedado aqui? Por acaso está dedetizando o apartamento dele?

Antes que Zöe pudesse explicar, Nick entrou. Ela o via de um jeito diferente agora e ficou imaginando se seus sentimentos seriam muito óbvios para o resto do mundo. Mas ela sabia que não poderia mais esconder isso da irmã.

– Gorducha! – disse Nick ao levantá-la do chão com um abraço.

– Docinho! – ela chiou no abraço.

Zöe sentiu uma pontinha de ciúme. Faith sempre fora tão extrovertida e amável. Tão cordial e afetuosa. Por que ela não podia ser assim também?

Nick colocou Faith no chão e olhou bem para ela.

– Nossa! Você está ótima!

– Você também parece muito bem. Acabei de perguntar a Zöe o motivo de você estar aqui. Algum problema? O que houve com o seu apartamento?

– Nada, não – disse Nick enquanto esperava que Zöe lhe desse uma luz para saber o que dizer.

Era melhor dizer logo a verdade.

– A questão é que estou grávida – disse Zöe.

Faith ficou boquiaberta e atordoada demais para falar qualquer coisa durante dez segundos. Talvez essa não tenha sido uma boa ideia, afinal.

– Você está o quê? – perguntou Faith.

– Grávida – respondeu Zöe.

– Você está grávida e não me falou nada?

– Me desculpe, Faith, juro que ia telefonar para você. Só tive a confirmação dois dias atrás. Tenho estado meio... confusa.

– Mas isso ainda não explica a presença de Nick aqui.

Zöe e Nick se entreolharam e depois se viraram para Faith. Será que precisavam dizer? Seriam eles um casal tão improvável assim que Faith não percebesse?

Faith olhou de um para o outro, várias vezes, para depois dizer com a voz entrecortada.

– Está grávida de Nick?

– Você tem que jurar que não vai falar nada para papai e mamãe – suplicou Zöe. – Ainda não decidi o que vou fazer sobre isso.

– Como foi que aconteceu? – perguntou Faith.

– Da maneira tradicional – disse Nick, e Zöe sentiu seu rosto corar.

– Desde quando vocês estão saindo juntos? E por que ninguém me contou nada?

– Acho que vou começar a preparar o jantar enquanto vocês duas conversam – disse Nick ao sair batido para a cozinha.

Covarde.

– Você e Nick? – disse Faith sacudindo a cabeça como se não pudesse acreditar.

Zöe estava contrariada. Afinal, eles não eram tão incompatíveis assim.

– Acha impossível Nick se sentir atraído por mim?

– Claro que não. Sempre achei que vocês formavam um casal perfeito. Só não sabia que você também achava isso.

– Mas eu não achava – teve que admitir. Talvez, no seu subconsciente, ela soubesse.

– Me conte tudo, nos mínimos detalhes.

Zöe sabia exatamente a que detalhes ela se referia.

– Então sente bem confortavelmente, porque esta é uma longa história.

Os TRÊS conversaram até depois da meia-noite e teriam ficado mais se Zöe e Nick não tivessem que trabalhar no dia seguinte. As duas irmãs escovaram os dentes, colocaram os pijamas e se deitaram juntas e riram debaixo das cobertas como quando eram crianças. Quando pequenas elas dormiam em camas-beliche, Faith em cima e Zöe embaixo.

– Tem certeza de que não vai poder ficar mais alguns dias? – Zöe perguntou. Ela não via a irmã com a frequência, que gostaria. Bem que ela podia morar mais perto, ainda mais agora que ganharia um sobrinho.

– Tenho que ir. Só vim porque estava preocupada com você. Prometi que não demoraria.

– Prometeu a quem?

Zöe percebeu um brilho nos olhos de Faith quando ela confidenciou.

– Conheci uma pessoa. Ninguém sabe ainda.

– E depois sou eu quem faz segredo das minhas coisas – Zöe mexeu com a irmã.

– É que papai e mamãe não vão gostar disso também.

– Deixe-me adivinhar. Ele é luterano?

– Não.

– Judeu?

– Ateu.

– Nossa!

– E ele não é um ele. Ele é uma ela.

Por um momento Zöe estava surpresa demais para responder.

– Está saindo com uma mulher?

– Está chocada? – perguntou Faith demonstrando certa insegurança.

– Claro que não. Só estou... surpresa, só isso.

– Eu também fiquei surpresa.

– O que foi que aconteceu? Resolveu experimentar uma coisa nova de repente?

– Você sabe que eu sempre quis experimentar de tudo. O nome dela é Mia. Tem certeza de que não está chocada?

Zöe não podia se enganar que estava achando estranho, mas o importante era que Faith estava feliz.

– Não estou chocada, juro.

– Ainda bem, por mais estranho que possa parecer, acho que estou apaixonada por ela.

Devia ser sério, porque neste aspecto Faith era igual a Zöe. Não pensava em ter uma família, ela só queria se divertir.

Na verdade, Zöe estava com inveja. Não da questão do sexo. Ela era heterossexual, sem sombra de dúvida. Gostava de homens, pura e simplesmente.

A sua inveja era com relação à atitude da irmã que correu atrás do que queria. Mesmo sabendo dos problemas que teria, não teve medo de correr o risco.

Por que Zöe não podia ser assim? Por que não se abria para deixar as boas coisas da vida acontecerem. Por que deixava Nick no quarto de hóspedes se ele podia estar dormindo com ela?

– Estou pensando em contar para papai e mamãe – disse Faith.

– Então a coisa é séria.

– Nunca senti isso por ninguém. Sei que vão ter um ataque e vão me repudiar. Mas é um risco que vou ter de correr. Devo isso à Mia. Não quero que ela pense que me envergonho dela. Gostaria que você a conhecesse. Talvez eu a traga para passar uns dias aqui.

– Eu adoraria. – E Zöe estava sendo sincera. – Quem sabe no próximo fim de semana?

Conversaram mais um pouco até Faith cair no sono. Zöe continuou acordada até depois de 1h, sem conseguir dormir. Não parava de pensar em todas as coisas que tinham acontecido nas últimas semanas. Sua vida virou de cabeça para baixo.

Mas não foi ruim. Nada seria igual ao que era antes, mas Zöe chegara à conclusão de que isso não era de todo ruim.

Ela se revirou na cama por mais alguns minutos, quando resolveu descer para tomar um copo de leite morno para ajudá-la a dormir. Levantou-se da cama e saiu, pé ante pé, saltando por cima de Tucker que dormia no tapete. Não encontrou seu chinelo no escuro, e não queria acordar a irmã, então foi andando descalça pelo chão. Ela desceu as escadas e se dirigia para a cozinha, mas em vez dos seus pés a levarem para a cozinha, eles a conduziram à porta do quarto de Nick. Quem sabe não foi este o plano desde o princípio, sendo o leite apenas um pretexto?

Zöe podia dizer que Nick estava dormindo pelo ritmo da sua respiração.

Mas em vez de virar e continuar seu caminho para a cozinha, ela entrou no quarto de Nick, na ponta dos pés. Não tinha noção do que estava fazendo, mesmo assim ela continuou.

Nem tudo tinha que ter uma explicação, afinal. Talvez fosse legal fazer as coisas que nos davam vontade.

Nick estava de costas para ela, deitado sobre o seu lado direito, com os ombros largos nus. Zöe sentiu um aperto no coração e uma atração e um desejo que a puxavam para ele. Não tinha vindo aqui para sexo, mas para estar junto a ele.

Sem parar para avaliar as consequências, ela levantou as cobertas e, em silêncio, se acomodou na cama ao lado dele. Os lençóis quentinhos e macios estavam com o seu cheiro.

Ela deitou-se de lado, de costas para ele, puxando as cobertas para que escondessem os seus ombros. Nick se mexeu ao seu lado.

– Zöe? – disse ele com a voz rouca de sono e virou-se para ela.

– Desculpe, não quis acordá-lo.

– Tudo bem – murmurou Nick enquanto se ajeitou atrás de Zöe. Passou um braço sobre ela e a envolveu no calor do seu corpo. Com sua mão grande, puxou-a para si e enterrou o nariz no cabelo dela.

Isso era muito bom.

Zöe prendeu a respiração para ver o que Nick faria, se a tocaria ou a beijaria, mas para sua surpresa, não fez nada. Apenas se aninhou nela e voltou a dormir. Era como se ele soubesse exatamente o que ela queria sem que precisasse dizer nada.

Zöe soltou um suspiro e colocou sua mão sobre a dele, entrelaçando os dedos. Isto era bem mais eficaz do que leite morno. Já sentia suas pálpebras pesadas. O calor do corpo de Nick, a respiração lenta e ritmada na sua nuca e a batida do seu coração a embalavam num sono tranquilo.

Ainda bem que ia ter um filho com o chefe. Caso contrário, seus atrasos diários a fariam perder o emprego. E os planos de economizar gasolina, então, foram por água abaixo.

Já passava das 11h quando chegou no escritório. Sua irmã já tinha ido embora quando ela saiu da cama, mas deixou um bilhete dizendo que telefonaria para combinar a sua próxima vinda com Mia. Disse ainda que Nick tinha deixado seu café pronto antes de sair.

Zöe não percebeu quando ele saiu da cama. Pela sua experiência, dividir a cama com alguém significava uma noite maldormida. Na noite passada, embalada nos braços de Nick, ela dormiu um sono profundo e acordou tão descansada como há muitas semanas não fazia.

Já era uma boa razão para convidá-lo para subir e dormir com ela esta noite. Aliás, seria bom levar suas coisas lá para cima também. Talvez devesse começar a ver a relação exatamente como devia ser, uma relação íntima e monogâmica entre duas pessoas que se gostavam muito. Talvez até se amassem. E se ela ainda não o amava, estava bem perto disso.

Deixou a bolsa e o casaco na sua sala e encaminhou-se para a sala de Nick, enfrentando olhares curiosos e sorrisos intencionais ao longo do percurso. A notícia sobre o beijo já tinha corrido toda a empresa. E, em vez de se sentir envergonhada ou inibida, ela caminhava com altivez. E a cada olhar ela devolvia um sorriso demonstrando orgulho de estar com um homem com a integridade de Nick, um homem que era admirado por suas colegas.

Se soubessem da história toda...

E ela bem que desejava que todo mundo soubesse. Sentia orgulho de estar esperando um bebê de Nick.

De repente quase se assustou com os próprios pensamentos.

A única explicação lógica para isso é que ambos vinham negando esse sentimento há muito tempo. E agora, conscientes e libertos, as emoções estavam se multiplicando numa progressão geométrica.

A sala de Nick estava vazia e então ela se lembrou tardiamente que ele planejara trabalhar na obra. Havia uma fiscalização agendada para hoje e ele queria estar presente. Ficou decepcionada ao se dar conta que teria que esperar a tarde toda para vê-lo.

Quando se virou para sair da sala bateu de frente com o corpo de um homem que vinha em sentido contrário.

– Opa! – Ele segurou seus braços para evitar que caísse sentada no chão. Zöe reconheceu O'Connell, o funcionário que havia sido contratado recentemente. Aquele que vinha dando certo trabalho a Nick. – Me desculpe – disse bruscamente.

– Não, a culpa foi minha. – Zöe se afastou dele. – Estava distraída.

Ele era um homem grande, de cabelo castanho-claro, uma barba cerrada e o rosto com feições fortes era quase carrancudo. Usava a roupa típica de um trabalhador de construção, calça jeans surrada e empoeirada, camisa de xadrez e botas.

– Ele não está? – perguntou numa voz que era quase um estrondo.

– Não. Está na obra. Voltará no fim da tarde.

Deu um aceno circunspeto com a cabeça e começou a fazer o caminho de volta em passos pesados que faziam o chão vibrar.

– Posso lhe dar um conselho? – ela falou.

Ele parou e se virou.

– Nick é um chefe compreensivo e justo, mas você anda abusando demais – disse ela.

Ele olhou para ela bastante contrariado. E Zöe poderia ter se sentido intimidada, mas passara os últimos dez anos convivendo com homens como este. Pareciam ser rudes e valentões, mas quase sempre só tinham tamanho.

– Está querendo me assustar? – perguntou ele.

– As referências do seu último emprego são excelentes, seu trabalho é muito bom, qual é o problema? Por que está jogando tudo para o alto?

– Você não compreenderia – respondeu ríspido, mas seus olhos azuis deixavam transparecer um sinal de tristeza. Ela percebia que ele escondia algum problema. E um motivo muito forte para estar faltando ao trabalho.

Zöe tinha esse dom de saber interpretar as pessoas.

Colocou as mãos nas cadeiras e olhou para ele com obstinação.

– Tem certeza, grandalhão? Por que não se abre comigo?

CAPÍTULO 8

QUANDO NICK voltou para o escritório já eram quase 15h, e a única coisa em que pensou o dia inteiro foi passar na sala de Zöe para vê-la assim que chegasse. Ele não se lembrava de vê-la na sua cama à noite e teve a grata surpresa quando acordou e a viu aconchegada ao seu corpo de manhã. Se não tivesse um compromisso marcado com o fiscal de obras, ele não teria saído da cama tão cedo.

Não sabia qual a sua motivação para ter dormido com ele. Era Zöe quem estava ditando as regras, mas, no seu entender, na noite passada eles haviam dado um grande passo à frente.

Foi um progresso.

Dirigiu-se a sua sala para deixar a pasta e a jaqueta e encontrou Zöe sentada em sua mesa. O'Connell, seu funcionário problemático, de pé junto à porta como se estivesse para sair.

– Que bom que você apareceu – disse Nick, e percebeu que perdera seu bom humor.

– Chefe – O'Connell fez um aceno de cabeça para Nick e depois dirigiu um sorriso sem graça para Zöe. – Obrigado.

Nick sentiu o sangue subir. O que estava acontecendo aqui? Por que o cara estava sorrindo para a mulher dele? E por que Zöe estava com olhos inchados e vermelhos? Estava chorando?

Ela fungou e sorriu de volta para ele, o que deixou Nick ainda mais furioso.

– Tudo bem. Só me prometa que não vai tomar nenhuma atitude antes da minha conversa com Nick – disse ela.

– Não farei nada. – Ele a cumprimentou com a cabeça e foi embora ignorando Nick.

– Posso saber o que foi isso? – Nick quis saber. – Por que você está chorando? Ele a machucou?

Zöe achou graça e fez um abano com a mão sinalizando que não era importante.

– Estou bem. São os efeitos dos hormônios.

– O que foi que disse sobre conversar comigo?

– Entre e feche a porta.

Ele fechou a porta e sentou-se na sua cadeira.

– O que está acontecendo? Não gostei de vê-la aqui sozinha com esse cara. Não confio nele.

– Nick, você está com ciúme? – disse Zöe sorrindo.

– Claro que não – respondeu logo, para depois fechar a cara. Droga, ele estava com ciúme. Estava se comportando como um marido desconfiado. – Me perdoe.

– Ele veio aqui para pedir demissão – disse Zöe.

– O que seria bastante conveniente. Evitaria que eu o demitisse.

– Disse-lhe que não permitiria que fizesse isso. E você também não vai mandá-lo embora.

Zöe parecia ter se esquecido que o dono da empresa era ele.

– Que diabos, por que não?

– Ele veio muito bem recomendado pelo último patrão. Fizeram inúmeros elogios a ele. Eu sabia que havia alguma coisa errada aqui.

– E então?

– Fiz o que deveria ter sido feito uma semana atrás. Perguntei a ele o que estava acontecendo.

– E então? – Nick perguntou, curioso.

– Demorou um pouco, mas ele acabou me contando o motivo de tantas faltas.

Na certa O'Connell tinha aplicado um truque para sensibilizar Zöe. Ultimamente ela estava tão emotiva que chorava por qualquer coisa.

Nick cruzou os braços para ouvi-la.

– Vamos ouvir essa história, que deve ser boa.

– A filha dele está doente.

Nick fechou a cara. Por isso ele não esperava. Pensava que fosse algum problema com bebida ou drogas, mas não uma criança doente. Nem sabia que O'Connell era casado.

– Que tipo de doença?

– Um tipo raro de leucemia – ela disse.

E se fosse tudo um golpe?

– Tem certeza de que não está só dizendo isso para...

– Ele me mostrou fotos – ela o interrompeu, sua voz ficando chorosa e seus olhos cheios d'água novamente. – A foto foi feita na enfermaria infantil do hospital. Ela tem um rostinho tão meigo. Só tem 7 anos. – Zöe fungou e enxugou as lágrimas do rosto. – Desculpe, mas fico com tanta pena. Ele ficou emocionado ao falar dela. Pude ver o quanto a ama e como tem sido difícil para ele.

Nick praguejou e balançou a cabeça.

– Por que não me falou nada sobre isso?

– Porque ele é um machão que acha que pode carregar o mundo nas costas. Ficou viúvo há três anos e agora são só eles dois. Eles se mudaram do norte para cá, só para ficar mais perto do Children's Hospital, de Detroit, onde existe um médico especialista que acredita poder ajudá-la. Sua dificuldade é que a criança precisa ir ao hospital várias vezes por semana e nem sempre ele encontra alguém para acompanhá-la. Tem dias em que ela está tão debilitada, por causa da quimioterapia, que ele não tem coragem de deixá-la sozinha em casa.

– Eu teria dado a ele os dias de folga – disse Nick.

– E tem mais. Mesmo com seguro médico, ele ainda gasta muito dinheiro com as despesas que não são cobertas, sem falar que estão sendo despejados do apartamento. Pelo que diz, o lugar é horrível, e a vizinhança também é ruim. Talvez tenham que voltar para o norte para morar com seus pais.

– E quanto à menina?

– Este tratamento é a sua última chance, caso contrário, ela vai morrer.

Nick estava impressionado.

– O que podemos fazer para ajudá-lo?

Zöe abriu um ligeiro sorriso.

– Eu disse a ele que talvez a empresa pudesse lhe fazer um empréstimo.

– E como ele reagiu?

– Disse que já estava muito endividado. – Zöe pegou um lenço de papel da caixa em cima da mesa de Nick e enxugou o rosto. – Acho que é orgulhoso demais para aceitar uma doação.

– Temos que fazer alguma coisa. – Tinha que haver um jeito de ajudá-lo. De uma maneira que não o ofendesse. Olhou para Zöe e viu que ainda sorria para ele, cheia de amor e afeição. – O quê?

– Você é um homem tão generoso, Nick.

– Qualquer um gostaria de ajudar – ele disse, dando de ombros.

– Acho que não. Mas eu tinha certeza de que você não lhe viraria as costas.

Zöe se levantou e foi em direção à porta. Nick pensou que ela fosse embora, mas, em vez de sair, ela trancou a porta.

O que pensava em fazer?

Ela veio caminhando em direção a ele, já não estava chorando. Seu olhar agora era outro, as pálpebras pesadas, parecia até familiar. Quando foi que a viu assim antes?

Ah, sim, ela estava com a mesma expressão naquela noite no hotel, pouco antes de se jogarem um no outro.

Vai começar tudo de novo.

O rosto dela estava corado, os lábios volumosos e úmidos como se fossem frutas maduras cobertas de orvalho. Nick imaginava que os lábios dela seriam tão doces e suculentos quanto as frutas.

Ela suspirou e começou a se abanar.

– Nossa, como está quente aqui, não acha?

Ele não sentia calor, mas se ela fizesse o que ele estava imaginando, então o tempo esquentaria.

– Se você está dizendo.

Olhando fixo para Nick, ela começou a abrir os botões da blusa. Muito devagar, um botão de cada vez, revelando aos poucos uma faixa estreita de pele clara e macia.

Zöe o queria, estava escrito nos olhos dela. Não estava fazendo aquilo só para agradá-lo. E ela não tinha pressa.

E não é que ficou mesmo quente ali dentro?

– Não quero esperar mais – disse Zöe com a voz rouca.

– E se alguém quiser falar comigo? – ele perguntou, imaginando que seria muito irresponsável da parte dele não tentar impedir, pelo menos um pouco. Afinal, estavam no escritório.

– Terão que esperar a vez deles – respondeu ela.

Então, Nick se recostou na sua cadeira para aproveitar o show e sentiu seu coração acelerar quando ela tirou a blusa e a jogou no chão. Usava um sutiã de renda vermelha, transparente que mal cobria o essencial. Sua pele branca e delicada, seus mamilos retesados e quase tão rosados quanto o pano que tentava cobri-los. Ela não era o que se podia chamar de bem-dotada, mas o pouco que tinha era firme e lindo. O tamanho certo para caber em sua mão.

Nick estava tão excitado que a qualquer momento sua masculinidade podia explodir.

Zöe abriu o zíper e tirou a calça comprida. Nick teve que se segurar ao ver a calcinha que ela usava. Da mesma cor vermelha do sutiã, era tão escandalosamente pequena e transparente que não sobrava mais nada para a imaginação.

Será que tinha se vestido assim só para ele ou vinha sempre desse jeito para o trabalho?

Ela lançou-lhe um olhar cheio de malícia.

– Vê alguma coisa do seu agrado?

Então ele olhou para o próprio corpo, para a sua ereção e disse.

– O que você acha?

Nick acompanhou os movimentos da mão dela acariciando a pele entre os seios e depois descendo lentamente até a barriga, contornar o seu umbigo, descer mais e roçando os dedos na renda da calcinha.

Zöe se debruçou sobre ele, apoiou as mãos nos braços da cadeira, deixando à mostra a visão deslumbrante do seu decote.

– Passa pela sua cabeça me deter novamente?

Nossa, não. Ele se esticou e colocou uma das mãos na nuca de Zöe para trazer para ele o seu rosto, enquanto os dedos se emaranhavam entre os cachos louros.

– Beije-me.

Os lábios de Zöe eram macios e quentes ao roçar nos dele. Ela se sentou no colo dele, montada nas suas coxas, e começou a despi-lo...

A maçaneta da porta começou a sacudir, até alguém começar a bater forte na porta.

– Nick! Abra a porta!

Droga.

– Estou ocupado – gritou em direção a porta. Ele tinha uma mulher cheia de desejo e quase nua no seu colo, louca para vê-lo também nu. Não deixaria de fazer amor com ela de forma alguma.

– É uma emergência!

Nick fechou os olhos, deixou a cabeça cair para trás e praguejou.

Zöe soltou a camisa dele e gritou.

– O que foi que aconteceu?

Um breve momento de silêncio se passou, e Nick tinha certeza de que seu contramestre estava deduzindo o que estava acontecendo ali dentro, e então ele falou.

– Desculpe interromper, mas acabei de receber a notícia que houve um acidente no terreno em Troy.

Zöe soltou um suspiro e Nick praguejou de novo.

– É muito sério?

– Não tenho os detalhes, mas sei que levaram um dos nossos funcionários para o hospital.

Ele esfregou a mão no rosto e murmurou.

– Não acredito que isso esteja acontecendo.

– Espere só um minuto – Zöe falou em direção a porta. – Sei que você precisa ir. – Ela reparou que ele estava contrariado.

Zöe saiu do colo dele e pegou suas roupas do chão. Ele se levantou e enfiou a camisa para dentro da calça.

Nick a olhava enquanto se vestia, e ambos pareciam desapontados.

– Temos um péssimo *timing* para transar, não é?

Zöe abotoou a blusa e a colocou para dentro da calça.

– Nem brinca.

– Esta noite... você não me escapa.

INFELIZMENTE, ESTA noite nunca se realizou.

Zöe correu em casa às 17h para deixar o cachorro sair, depois voltou para o escritório, onde permaneceu até às

20h para compensar as horas que estava devendo e botar o serviço em dia, já que vinha negligenciando seu horário ultimamente. Imaginou encontrar Nick quando chegou às 20h15, mas o carro dele não estava e a casa estava às escuras.

Ela mesma se surpreendeu com o próprio desapontamento. Chegar em casa à noite e não encontrar ninguém nunca a incomodou. Bem, nem sempre. Às vezes era desagradável ficar sozinha em casa, apesar de sempre contar com a companhia de Dexter.

Em pouco tempo ela já se acostumara com a presença de Nick.

Foi até o freezer para escolher um jantar congelado, mas ficou em dúvida entre dois dos seus preferidos.

– Qual você escolheria – falou para o cachorro enquanto exibia as duas opções. – Frango a Alfredo ou lasanha?

O cachorro olhou para ela feliz, seu rabo comprido balançando e batendo com força no pé da mesa.

– Quer que eu faça os dois?

Ele latiu, o que raramente fazia, e ela interpretou isso como sendo um sim. Zöe nunca foi apaixonada por cachorros, mas Tucker não era tão ruim assim. Acabou se apegando a ele, principalmente porque a seguia o tempo todo e tinha um olhar meigo que a encantou.

Zöe esquentou no microondas as duas opções e as levou para comer em frente a TV. De vez em quando jogava um bocado para Tucker, que devorava com entusiasmo. Quando terminaram de comer, Zöe se deitou no sofá, com o gato enroscado nas suas pernas e o cachorro deitado no tapete ao seu lado. Ela correu os canais da TV até encontrar um programa sobre bebês, no Discovery Channel. Deitou-se para ver o programa e acordou com alguém a sacudindo.

CAPÍTULO 9

Zöe estava tão dopada de sono que abriu os olhos com dificuldade. A televisão já fora desligada e Nick estava de pé na sua frente, iluminado apenas pela luz do corredor, sorria para ela.

– Que horas são? – resmungou ela.

– Mais de meia-noite.

– Acho que dormi. – Zöe se espreguiçou e bocejou. – Como foi no hospital?

– Nada muito grave. Só uma clavícula e algumas costelas quebradas. Ele ficará de molho por um tempo, mas sua recuperação será total. – Nick esticou o braço para ela. – Vamos para a cama. – E acrescentou diante do seu olhar curioso. – Para dormir. Acho que estamos cansados demais para brincadeiras agora.

Ele estava certo. O dia fora muito longo para eles dois.

Nick a segurou pela mão e a levantou do sofá.

– Você vem também?

– Para a sua cama? – ele perguntou. – Você me quer lá?

E ela queria.

– Eu quero que você venha comigo.

– Então eu vou – disse ele com aquele sorriso sedutor.

– Tenho que escovar os dentes, primeiro – ela disse.

– Eu também. Importa-se de dividir a pia comigo ou prefere que eu a espere terminar?

Ela possuía certa experiência nisso. Muitas vezes usou a pia com três ou quatro irmãos ao mesmo tempo, principalmente no horário da escola, quando corriam para escovar os dentes antes que o ônibus buzinasse em frente de casa. Além do mais, isto era comum entre os casais, certo?

– Não me importo.

Era meio estranho ver Nick escovar os dentes. Um daqueles hábitos diários sobre os quais ela não dava muita importância, mas fazer isso junto com ele parecia pessoal e íntimo. Era como ouvir um segredo.

Zöe preferiu sair do banheiro para Nick usar o toalete, certos segredos tinham que permanecer em segredo, e subiu para o quarto para vestir o pijama. No quarto ela já encontrou Tucker e Dexter deitados na sua cama.

Pôs as mãos na cintura e falou duro com Dexter.

– Ah! Seu traidor!

Dexter olhou para ela cheio de culpa.

– Desça daí – disse ela, puxando as cobertas. Como dois bons amigos, cão e gato pularam da cama e desceram as escadas.

Parecia que até Dexter já se acostumara com eles vivendo aqui. Deveria significar alguma coisa, não?

Ela se despiu e colocou uma camisa grande e longa com o desenho de um coelho na frente. Já estava sob as cobertas quando Nick apareceu. Ela ficou encolhida do seu lado enquanto assistia Nick se sentar na beirada da cama, tirar as botas e depois as meias. Em seguida, ele desabotoou e tirou a camisa, pendurando ao pé da cama.

Zöe suspirou de prazer ao ver sua pele nua e o tórax musculoso. Apesar do tom de pele e da barba cerrada, ele não era muito cabeludo. Apenas uma pequena quantidade de pêlo no peito que depois afinava em uma trilha descendo pelo abdômen e desaparecia sob a cintura da calça jeans.

Bem à vontade no seu quarto de dormir, ele se pôs de pé e abriu o botão da calça jeans. Abaixou a calça e a tirou mostrando suas pernas longas e fortes. Ela não era ligada em pernas masculinas, mas as de Nick eram perfeitas. Vestido apenas de cueca, ele se deitou na cama dela. Virou sobre o lado para ficar de frente para ela e deu-lhe um beijo ligeiro mas doce. O queixo era áspero na pele dela. Seu cheiro era de pasta de dente, sabonete e loção pós-barba.

– Boa noite – ele disse.

– Boa noite – ela respondeu e esticou-se para apagar a luz atrás dela.

À medida que se acostumava com o escuro, ela pôde ver que Nick estava de olhos fechados. Devia estar bem cansado, pois acordava sempre antes das 6h.

Ela também estava cansada, exausta até. Cansada demais para terminar o que tinham iniciado no escritório dele naquela tarde. Então por que não fechava os olhos? Por que sentia uma vontade incontrolável de tocar Nick?

Não podia mais esperar. Ela queria ter sexo agora, droga!

Zöe colocou a mão sobre o braço de Nick e o tocou do pulso até o ombro.

– Nick, você está acordado?

Como ele não respondeu, ela o sacudiu delicadamente.

– Acorde, Nick.

Em vez de responder, resmungou.

Nick dormia profundamente.

Formidável.

Zöe soltou um suspiro e deitou-se de costas. Dois dias atrás achava que não estava pronta para o sexo e agora não conseguia pensar em outra coisa. Se ao menos pudessem combinar seus horários.

Amanhã, ela decidiu. Amanhã eles teriam que fazer sexo de qualquer maneira, nada poderia atrapalhá-los.

– ACHO QUE arranjei uma forma de ajudar O'Connell – disse Nick no café da manhã. Ele preparara panquecas, hambúrgueres e suco fresco de laranja orgânica.

Da maneira que comia ultimamente, ela engordaria uns 50 kg durante a gravidez.

– E qual é? – disse ao se servir do terceiro hambúrguer.

– Bem, o seu problema mais urgente é arranjar um lugar para morar, que possa pagar, certo? Então ele pode morar no meu apartamento de dois quartos, em Royal Oak, que está vazio e nem precisa me pagar o aluguel.

– Genial! Isto vai ser ótimo. Acha que ele vai aceitar?

– Como o apartamento já está quitado e vazio, acho que ele não vai interpretar isso como um donativo.

– Não sei como não pensamos nisso antes – disse ela. – E ainda por cima fica mais perto do hospital do que o lugar onde ele mora agora.

– Só tem um problema. Você vai ter que me aguentar aqui até Deus sabe quando, senão vou ser obrigado a colocá-los para fora.

– E essa ideia lhe agrada? – perguntou ela.

– Me agrada muito. E a você?

– A mim também – disse.

– Tem certeza? Olha que é um passo importante.

Era um passo que se sentia pronta para dar. Sabia bem o que queria e ia enfrentá-lo.

– Eu estou totalmente certa do que vou fazer.

Ele sorriu daquele seu jeito.

– Devo conversar com O'Connell ou você vai querer falar com ele?

– Já que o apartamento é seu, acho melhor você mesmo falar com ele. Vai ser mais fácil ele aceitar a oferta vindo de um homem – disse. – E você devia fazer isso logo – acrescentou.

– Preciso de um minuto para colocar a louça na máquina. Sairemos em seguida.

Agora, Zöe mal podia esperar para ver isto resolvido. Depois de tanto tempo de indecisão, estava tão aflita para ver Nick se mudar de vez para a sua casa, e para a sua vida, que não queria esperar um minuto a mais.

Ela o seguiu quando ele foi até a pia.

– Nick, olhe para mim.

Quando ele a encarou, Zöe o pegou pela gola da camisa e o puxou até seu rosto ficar na altura do dela e o beijou longa e profundamente. Um beijo para demonstrar exatamente o quanto ela o queria.

Nick a envolveu com os braços e aproximou seu corpo do corpo dela. Com uma das mãos ele sustentou-lhe a cabeça e com a outra as costas.

Zöe pressionou seu corpo contra o dele, sentindo que não poderia chegar mais perto. Como se nunca pudesse estar perto o suficiente.

Nesse momento, ela se deu conta que amava este homem. Ela se casaria com ele e juntos formariam uma família. Foi neste momento que compreendeu o encanto que era o casamento e filhos.

Porque o filho que ela esperava era de Nick. E seria nos braços de Nick que ela acordaria todas as manhãs.

Nick afastou o rosto e sorriu para ela.

– Nossa! O que foi isso?

– Uma amostra do que o espera hoje à noite – disse ela.

Com o dedo ele fez um carinho no pescoço dela, os seus olhos cheios de desejo.

– Mal posso esperar.

– Eu também. E quanto mais cedo chegarmos ao trabalho, mais cedo voltaremos para casa.

Depois de muita negociação, eles chegaram a um entendimento e O'Connell concordou em fazer a mudança o mais rápido possível. Ao se despedirem, O'Connell parecia tão grato e tão aliviado, que Nick sentiu um nó na garganta.

Ele tinha um amor inquestionável pela filhinha. Nick não queria estar na pele dele, vendo a vida da criança por um fio. Saber que não dispunha do dinheiro para arcar com o tratamento que salvaria a vida da filha era muito duro. Ainda mais depois de ter perdido a esposa com câncer.

O'Connell foi para casa empacotar seus pertences e Nick ficou pensando em sua vida e como ela era preciosa. Não podia imaginar-se sem Zöe. Eles estavam ligados um ao outro para sempre. Criara um vínculo com ela que nunca teve com outra mulher. Aliás, nunca teve isso com ninguém.

– Acho que as coisas terminaram bem.

Nick viu Zöe de pé na porta da sua sala, sorrindo. Como estava bonita. Tinha aquele brilho sublime de saúde, típico das mulheres grávidas.

Parecia tão... feliz.

– Por que diz isso? – perguntou Nick.

– O'Connell acabou de me procurar na copa para me dar um grande abraço e um beijo. – Ela riu. – Tinha que ver o espanto que causou. Devem estar pensando que traí você.

As sobrancelhas de Nick se levantaram.

– Ele beijou você?

– Relaxe, ele me beijou no rosto, só. E pela primeira vez eu o vi sorrir, Nick.

Nick não gostava de imaginar ninguém a beijando, mas Zöe estava tão feliz que ele também sorriu.

– Nós o ajudamos muito – disse ela.

– É verdade.

Ela se aproximou, sentou-se em seu colo e passou os braços em torno do seu pescoço.

– É uma sensação boa.

– Também acho – ele rosnou, apertando-a mais junto a si.

– Talvez seja melhor trancar a porta e comemorar – disse ela enquanto roçava o corpo no dele, enlouquecendo-o de desejo. Quanta tentação. Depois de tantas tentativas frustradas, estava num ponto que bastava olhar para ela que já ficava excitado. Precisava levar esta mulher para a cama com urgência. Mas não estava interessado em fazer sexo ligeirinho no escritório. Ele queria fazer amor com ela com toda a calma do mundo. Portanto, teria que adiar isso. De novo.

– Agora será impossível. Temos que ir ao meu apartamento para empacotar minhas coisas. Garanti ao O'Connell que poderia se mudar imediatamente.

Ela ameaçou fazer beicinho para em seguida soltar um suspiro e dizer.

– Então é melhor correr. E não me importa a que horas vamos chegar em casa hoje, nós vamos ficar nus.

E Nick bem que gostou dos planos dela.

JÁ PASSAVAM das 20h quando finalmente terminaram de colocar tudo no carro de Nick e se dirigiam para casa.

A palavra casa tinha para ela um significado bem diferente agora.

Enquanto ajudava Nick a arrumar suas coisas, ela descobriu algo assustador. Nick não tinha fotografias da sua infância. Nenhuma referência familiar. Era como se ele não tivesse um passado, ao menos um passado que gostasse de relembrar.

Enquanto ela preservava caixas e mais caixas de fotos e cartões de aniversário, desenhos feitos pelos irmãos mais novos, e até alguns dentes de leite dos irmãos. Guardava com ela ao menos um ou dois objetos da cada membro da família.

Só agora ela se dava conta de como deve ter sido difícil a infância dele. Como deve ter se sentido solitário e porque era tão importante para ele ter uma família com muitos filhos.

Nick nunca passou por essa experiência e ela queria ser a pessoa que daria isso a ele. Queria fazê-lo se sentir completo. Passaria o resto da sua vida dedicada a compensá-lo por cada dia, cada minuto de solidão que ele tivera. Mesmo que isso significasse ela ter mais um filho, ou até um terceiro filho.

O que, obviamente, os obrigaria a adquirir uma casa maior. Será que ele gostaria de viver numa região mais afastada da cidade? Talvez em Romeo ou Armada? Poderiam ter um terreno grande para Tucker e as crianças se espalharem. Ela teria espaço para cultivar suas flores e quem sabe até fazer uma horta. Poderia fazer conservas e geléias igual às que sua avó fazia. Talvez pudesse tirar uma licença prolongada e experimentar viver como dona de casa por um período. Ou ao menos trabalhar só por meio expediente.

Um mundo de oportunidades que ela nunca considerou surgia agora e mal podia esperar para ver que surpresas a vida lhe reservava.

– Você está quieta demais – ele falou ao estacionar o carro dele ao lado do dela. – Está tudo bem?

Zöe se virou para ele e disse.

– Estou só economizando minhas energias para outras coisas.

Ele estacionou o carro em frente à casa e desligou o motor.

– Estou morrendo de preguiça de descarregar, mas tudo que tenho está aqui na mala do carro. Podia também deixar tudo na garagem.

– A fechadura está quebrada. – A vizinhança dela não era ruim. Birmingham era considerada uma região habitada por gente da classe média, mas não valia a pena arriscar. – Se nos apressarmos, vamos acabar com isso em dois tempos. Pense no quanto vamos nos divertir no quarto depois – disse Zöe para servir de estímulo.

– Ai de você se pegar qualquer coisa mais pesada do que um catálogo de telefone – disse Nick enquanto ela revirava os olhos. Ele era bem cuidadoso com ela.

Eles desceram e enquanto Nick abria a mala do carro, Zöe destrancava a porta de casa. Dava para ouvir Tucker do lado de dentro, pulando de alegria como se fosse um coelho gigante. Já tinham passado em casa mais cedo só para alimentar o cachorro e deixá-lo sair um pouco, mas Tucker a recebeu como se não a visse há dias.

– Eu sei, eu sei – disse ela ao acariciar sua cabeça e forçar sua entrada em casa. – Eu também senti saudades, meu grandão desajeitado.

Ela segurou Tucker pela coleira para que não fugisse e abriu a porta para Nick entrar. Com duas caixas onde estava escrito "Quarto", ele passou batido por ela, carregando-as até o corredor e depois da escada.

– Aonde você vai com isso? – perguntou Zöe.

Nick se virou e lançou-lhe um olhar confuso.

– Estou indo para o quarto.

– Mas o nosso quarto fica lá em cima.

Ele lentamente abriu um sorriso.

– O nosso quarto.

– O nosso quarto – repetiu ela. E já sabendo o que ele perguntaria, ela se antecipou. – Fique tranquilo, agora sei o que quero.

Saboreando a expressão meio espantada mas muito feliz no rosto de Nick, ela se encaminhou para a porta para pegar mais caixas. E se Nick imaginava estar feliz agora, ele que esperasse até ela colocar as mãos nele.

Quando tivesse terminado com ele, aí sim ele veria o que era felicidade.

– Pronto – disse Nick ao fechar e trancar a porta da frente.

Tinham trazido tudo para dentro de casa em menos de 20 minutos, e ela mal aguentava de tanta expectativa.

Era chegada a hora de um pouco de diversão.

– Você sabe o que isso significa – Zöe falou para Nick com os olhos cheios de desejo. Suas pernas e braços estavam acalorados e fracos e sua cabeça meio tonta. Não se lembrava de ter ficado tão excitada só de pensar em fazer amor com alguém.

Zöe tirou seu blazer e o jogou nas costas do sofá. Nick fez o mesmo.

Ao tirar a blusa pela cabeça sentiu a pele toda se arrepiar. O roçar da renda do sutiã provocou os mamilos já sensíveis. Ela ansiava pelo toque dele. Até seu cabelo estava cheio de energia.

Nick arrancou a camisa pela cabeça e a jogou no chão. A sua pele parecia bronzeada sob a fraca iluminação. O coração de Zöe disparou quando ele partiu em direção a ela, abrindo a calça jeans. Ela mal podia esperar para colocar as mãos nele, provar e sentir cada pedacinho seu. Como pôde se privar disto? Como não percebeu o quanto seria bom?

Nick parou na sua frente, o que a fez sentir zonza de expectativa, cada pedacinho microscópico do seu corpo pedindo para ser tocado. Ele abaixou a cabeça para beijá-la e ela ficou nas pontas dos pés para alcançá-lo. Os seus lábios se tocaram e ela sentiu um calor invadir seu corpo todo.

Nick abriu o zíper e baixou a calça dela. Zöe interrompeu o beijo por um instante para se desvencilhar da calça e jogá-la no canto junto ao sofá.

O coração dela batia tão forte que custou a ouvir que alguém batia na porta da frente.

Nick soltou um gemido e pressionou sua testa contra a de Zöe, respirando ofegante.

– Eu não acredito.

Zöe não podia adivinhar quem seria a uma hora dessas, mas quem quer que fosse, nada era mais importante do que fazer amor com Nick e agora.

– Vão acabar desistindo. – Zöe colocou a mão dentro da calça de Nick e começou a acariciá-lo por baixo da cueca. Ele fechou os olhos e gemeu de prazer. Então ele a pegou, a suspendeu e imprensou contra a parede da sala. Zöe abarcou os quadris de Nick com as pernas e arfou ao sentir sua masculinidade tocá-la, e seu peito comprimir os seios.

Zöe o beijou e sua boca tinha um sabor quente e picante. Sentia vontade de engoli-lo e de se rastejar sobre ele. Com as mãos livres, ela agarrou e baixou as calças dele para segurar seu traseiro nu, enterrando as unhas na sua pele, sentindo-se sensual, selvagem e totalmente fora de controle. Nenhum homem a fizera se sentir tão solta e tão entregue ao prazer.

As batidas persistiram por um minuto ou dois até que, mesmo inebriada de prazer, Zöe ouviu um barulho de chaves e alguém mexer na maçaneta da porta. Nick deve ter ouvido também, porque parou de beijá-la e ficou paralisado.

Tudo aconteceu tão depressa que nenhum dos dois teve tempo de reagir. Um minuto atrás eles estavam sozinhos e agora fitavam a irmã de Zöe, boquiaberta, em pé na porta da frente. Por sorte a casa estava quase às escuras, mas mesmo assim, ninguém poderia ter dúvidas do que eles faziam ali.

Por um bom tempo o mundo parou. Ninguém se mexeu, ninguém falou. Faith reparou que a irmã segurava no traseiro de Nick.

– Belo traseiro – ela disse para em seguida cair no choro e sair correndo porta afora.

CAPÍTULO 10

FAITH ESTAVA sentada no sofá, inconsolável, ao lado de Zöe.

– Me perdoe – ela disse pela enésima vez desde que Nick e Zöe tinham se vestido às pressas e saído correndo atrás dela para trazê-la de volta para casa. Nick estava do outro lado da sala assustado e confuso e, numa reação tipicamente masculina, parecia pronto para fugir a qualquer momento.

Faith não era do tipo que chorava, nem quando era criança ela chorou, por isso Zöe imaginou que alguma coisa muito séria devia ter acontecido. No início ela chorou tanto que foi impossível compreender uma única frase. Só puderam ter certeza de que não era caso para atendimento médico e nem morte de alguém.

Faith tirou mais um lenço de papel da caixa que estava no seu colo.

– Não posso acreditar que tenha perdido o controle daquela maneira e também não posso acreditar que tenha entrado logo quando vocês estavam... ah, vocês sabem.

– Pare de se desculpar – disse Zöe. – Conte-nos o que foi que aconteceu.

Faith passou a mão nos olhos para limpar o rímel que tinha escorrido com as lágrimas.

– Eu sou uma idiota.

Nick resolveu deixar as irmãs se entenderem.

– Acho que vou deixar vocês duas conversarem.

Antes que Zöe e Faith pudessem responder, ele já estava a caminho da escada e subindo para o quarto.

– Nossa! – disse Faith. – Ele se espantou mesmo comigo.

Zöe encolheu os ombros.

– O que você esperava? Ele é homem. E, ultimamente, vem enfrentando uma grande carga emocional. Acho que ele está sobrecarregado.

Faith ficou ali quieta, brincando com o lenço de papel, e então encarou a irmã e disse.

– Levei um fora.

– Ah, Faith. – Zöe tentou consolar a irmã colocando a mão no seu ombro.

E Tucker, que parecia entender sua tristeza, se aproximou do sofá onde elas estavam e colocou a cabeça sobre o colo de Faith, dirigindo-lhe um olhar que Zöe podia jurar ser de solidariedade.

Faith fungou e fez-lhe um carinho atrás das orelhas.

– Disse para Mia que a amava e que queria morar com ela. Disse também que contaria a verdade para os meus pais, enfrentaria as consequências, e ela respondeu que provavelmente eu não ia querer fazer isso. Então ela me disse que tinha decidido voltar para o marido.

– Não sabia que ela era casada – comentou Zöe.

– Nem eu. Bem, para encurtar a história, Mia disse que estava só fazendo uma experiência e que desejava provocar ciúme no marido. Acho que funcionou, porque ele pediu para ela voltar. – Faith fungou mais uma vez e secou as lágrimas do rosto. – Ela estava tão... distante. Parecia que nunca tinha gostado de mim. Como se eu fosse um objeto de estudo de uma experiência de ciências para a escola.

– Ah! Minha querida. Eu entendo o seu sofrimento, sei o quanto você gostava dela.

– Me sinto tão idiota. Mas acho que eu merecia isso.

Que coisa maluca de se dizer.

– Como podia merecer isso? – disse Zöe.

– Sabe quantos homens que disseram me amar eu já rejeitei?

– Querida, você merece ser feliz como todo mundo – Zöe consolou a irmã.

– Falando em felicidade, você e Nick parecem estar muito bem.

Zöe sentiu certa culpa em admitir o quanto estava feliz diante da tristeza da irmã, mas não se conteve.

– Vou dizer a ele que aceito o pedido. Eu vou me casar com ele – confessou Zöe.

– Nossa! – Faith soltou um grito de alegria e abraçou a irmã. – Ele é o cara perfeito para você. – Faith fez um olhar malicioso e completou. – Sem falar daquele traseiro.

– Não brinque!

– Por falar nisso, acho melhor eu ir embora para que vocês continuem o que estavam fazendo. Vou para um hotel.

– Você não vai ficar em hotel nenhum. O quarto de hóspedes está vazio agora. Fique o tempo quiser – disse Zöe.

– Só preciso voltar ao trabalho na segunda-feira e, se você não se importar, gostaria de me esconder aqui por uns dias – disse Faith.

– Nós vamos adorar ter você aqui – disse Zöe se levantando do sofá, querendo subir logo para terminar o que eles tinham começado. – Que tal sairmos juntas amanhã? Não existe nada melhor para levantar o astral do que fazer compras.

– Só para sua informação, estarei dormindo com isso – disse Faith sorrindo para a irmã e mostrando seu aparelho de MP3 com os fones de ouvido. – Então podem fazer o barulho que quiserem que eu não vou ouvir nada.

Quando Zöe finalmente chegou no quarto, seguida de Tucker, Nick estava sentado na cama de peito nu, lendo um romance.

– Tudo bem? – perguntou ele.

– Ela levou um fora.

– Imaginei que fosse isso. – Ele fechou o livro e o colocou na mesinha de cabeceira. – Ela está bem?

– Está sofrendo, mas isso passa. – Zöe tirou a blusa e a jogou em direção à cesta de vime mas errou longe o alvo. – Espero que não se importe, ela vai passar alguns dias aqui. Não está querendo ficar sozinha.

– Claro que não me importo. Mas isso significa cancelar a nossa programação de hoje à noite?

Zöe tirou sua calça e a deixou cair no chão ao seu lado.

– A casa pode pegar fogo, mas nada vai me impedir de deixá-lo nu esta noite.

– Então, você chegou bem na hora – ele disse com malícia e jogou as cobertas para o lado. – Porque eu já estou nu.

Nossa! Nu e cheio de disposição. Zöe levantou uma sobrancelha ao falar com ele.

– Você não ia me esperar?

– Impossível. Só você pode resolver o meu problema.

– Será um prazer.

Ela contornou a cama e foi tirando o sutiã e a calcinha e deixando pelo caminho. O jeito como Nick a olhava fazia com que ela se sentisse a mulher mais sensual e desejada do mundo.

Nick deu um tapinha na própria coxa e disse para ela.

– Venha cá.

Ela se sentou no seu colo como se montasse um cavalo. Os pelos da coxa dele a pinicavam quando se acomodou em suas pernas. Sentiu o corpo dele quente e duro quando passou os braços em torno da cintura dela e a puxou para perto.

– Enfim sós – disse Nick ao colocar uma mecha de cabelo de Zöe para trás da orelha.

Finalmente.

– Só nós dois.

Ele a acariciou o rosto e falou olhando nos olhos dela.

– Quero que saiba que não existe mais ninguém no mundo com quem eu quisesse estar agora. Nem agora, nem nunca – Nick disse a ela.

Suas palavras a tocaram profundamente. Ela também não queria estar com ninguém mais.

– Eu sinto o mesmo – disse Zöe.

Ela ainda o desejava, e o queria sentir dentro dela, mas não tinha mais tanta pressa. Agora só queria fazer tudo com calma, saborear cada minuto. Nick deve ter sentido o mesmo porque por um longo tempo eles se limitaram a brincar, beijando, acariciando e provando. Explorando o outro como se fosse a primeira vez, mas parecia que já se conheciam há cem anos.

Como algo podia ser tão novo e excitante e, ao mesmo tempo, tão livre e familiar?

– Adoro esta sensação – disse Nick ao acariciar a pele macia na junção das coxas de Zöe. Observava seus movimentos como se a cena fosse fascinante. As carícias delicadas provocavam em Zöe ondas de frio e calor, que a estavam deixando ligeiramente tonta.

Zöe levantou-se para ficar de joelhos e poder proporcionar-lhe uma visão melhor. Segurou na cabeceira da cama dos dois lados dele, e ele gemeu de prazer.

Nick inclinou seu corpo para a frente, roçando seu cabelo na barriga de Zöe, e a tocou com a língua. Foi um só movimento, e rápido, mas sua boca era tão quente e a sensação tão intensa, que ela arfou surpresa e deu um pulo para trás.

Nick olhou para cima sorrindo e disse:

– Delicioso.

Ela teria ficado envergonhada se não estivesse tão excitada. Ele colocou as duas mãos nas costas dela e a puxou de volta para a sua boca para provar e experimentar à vontade enquanto ela pendia entre tortura e prazer. A cada movimento da língua de Nick aumentava o desejo dela, a ponto de não aguentar. Ela quis agarrar a cabeça dele e empurrá-lo mais ainda.

Ela queria mais, mesmo sentindo-se assoberbada de sensações.

Ouvia a própria voz, mas as palavras lhe soavam incoerentes. O calor úmido da língua dele e a barba espetada arranhando sua pele nua eram demais para ela.

O êxtase começou em algum lugar profundo dentro dela, em sua alma talvez, e depois se espalhou pelo corpo. Ela foi dominada de tal ímpeto que o tempo parecia ter parado. Todos os músculos do seu corpo se retesaram e seus olhos permaneceram apertados. Suas mãos emaranhadas no cabelo de Nick o prendiam junto a ela enquanto se deleitava em ondas de prazer. O corpo de Zöe estremeceu por uma eternidade.

O coração dela batia no mesmo ritmo da pulsação que havia entre suas pernas. Não sabia explicar se era por competência de Nick ou pelos hormônios da gravidez, ou até a combinação dos dois, mas nunca tinha sentido nada tão forte em toda sua vida.

Ela desabou no colo de Nick, e para descansar a cabeça, apoiou a testa no ombro dele, esperando para contar-lhe como tinha sido maravilhoso, incrível, sensacional o que fizera a ela, como achava ter tido a sua primeira experiência extracorpórea, mas mal teve tempo de respirar e muito menos de usar a boca para falar.

Então, em vez disso, ela o beijou e provou do próprio sabor em seus lábios, achando isso muito erótico. Ela esticou o braço junto ao corpo e alcançou sua masculinidade rígida. Nick gemeu e a beijou com força.

Zöe o sentiu pulsar em sua mão enquanto fazia lentas carícias. Sua pele era quente e aveludada e ela queria prová-lo, mas quando fez um movimento para se abaixar ele segurou-lhe a cabeça com as mãos para detê-la.

– Não faça isso.

– Mas eu quero.

– Quero fazer amor com você.

– Não podemos fazer as duas coisas?

Nick balançou a cabeça em negação.

– Estou excitado demais. Ou fazemos uma coisa ou outra. E preciso possuí-la agora.

Bem, se for assim. Além do mais, por que a pressa? Tinham o resto de suas vidas para provar de tudo que quisessem. E mesmo que ela nunca tivesse sido muito criativa ou ousada na cama, ela queria experimentar tudo com Nick.

– Sabe qual a vantagem de fazer sexo com uma mulher grávida? – perguntou ele enquanto a abraçava pelos quadris.

– Qual?

– Não precisamos usar preservativo – disse sorrindo.

Nick a amparou e a colocou deitada sobre ele para então a invadir lenta e profundamente.

Ele gemeu de prazer e a manteve presa junto a si. Por alguns minutos os dois ficaram ali imóveis, mal respiravam. Era incrível como seus corpos se encaixavam tão perfeitamente e Zöe se sentiu profundamente ligada a ele. Agora não tinha mais dúvida de que ele era o homem com quem deveria passar o resto da sua vida. Queria ter filhos com ele e envelhecer ao seu lado.

E queria que ele soubesse exatamente o que estava sentindo.

– Nick, eu amo você.

Nick sorriu, pegou o rosto dela com as mãos e a beijou delicadamente. E ela não pôde impedir seu corpo de movimentar-se para cima e para baixo num ritmo lento e contínuo. Fascinada, ela viu o semblante de Nick ser inundado de êxtase. Ele a deixou livre enquanto a beijava, a tocava e sussurrava coisas em seu ouvido para excitá-la. Assim, ela se viu respondendo, usando palavras que nunca podia imaginar que fossem sair da boca de uma boa garota católica. Palavras obscenas que ele parecia gostar de ouvir.

Ele espichou o braço para tocar a feminilidade que já tinha provado, e sua reação foi instantânea. Ela foi assolada de prazer vindo de todos os lados, de maneira intensa, profunda. Sentia-se saindo do planeta e só quando ouviu Nick gritar seu nome, quando sentiu o tremor de seu corpo igual ao dela foi que percebeu que estavam juntos a caminho do orgasmo.

E ali ficaram por vários minutos tentando recuperar o fôlego. Ela pensava em sair dali, mas Nick ainda estava firme dentro dela, e a sensação era gostosa demais para mexer. Ela esperou e ficou observando o tique-taque do despertador contando um, dois, três e cinco e nada de Nick sair. E, em vez de esmorecer, ele estava ficando mais rígido ainda.

Só para provocá-lo, ela rebolou em cima dele e ele respondeu com um resmungo de prazer.

– Você não estava mentindo quando disse que isso não acabava nunca. – Ela sentou e sorriu. – Estou muito impressionada.

– Você sabe bem o que significa – disse ele sorrindo de volta para ela. – Vamos ter que fazer tudo de novo.

– Lembra-se da primeira vez em que nos vimos? – perguntou Nick. Zöe estava em seus braços, descansando a cabeça em seu peito. O cheiro dela era tão doce, meigo e feminino. Já estava ficando tarde e tinham que acordar cedo para ir ao trabalho, mas a mente dele estava a mil por hora.

– Claro. Vim para uma entrevista e menti o tempo todo.

Nick brincava com o cabelo dela, enrolava um cacho no dedo e depois o soltava. Havia tantos pontos no seu corpo para ele brincar, tantos para tocar. Ele sabia que esta noite poderia brincar ou tocar quase com todos. Com relação ao sexo, Zöe não parecia ter nenhuma restrição ou vergonha. Ela aceitava fazer tudo e ainda pedia mais. Coisas tão proibidas ou íntimas demais ele nunca tivera a coragem de experimentar em um relacionamento tão recente. Mas claro que em dez anos de amizade eles desenvolveram uma profunda confiança mútua.

Eles tinham levado pouco tempo para se entrosar.

– Eu sabia que uma garota de 18 anos não podia ter toda a experiência que você listou no seu currículo, mas era tão jovem e tão vulnerável que eu não podia recusar.

– Está dizendo que me contratou por pena?

– Exatamente.

– Apesar de querer ficar longe da minha família, aqueles primeiros meses foram muito duros. Nunca pensei que fosse sentir tanta solidão. Você foi de uma paciência incrível comigo, porque eu era uma péssima secretária.

– Mas você se esforçou tanto – disse ele rindo –, que não tive coragem de despedi-la. Sabia que você era especial. Além de ser muito bonita.

– Nunca lhe contei isso, mas fui apaixonada por você no primeiro ano.

– Eu sabia disso.

– Jura? – Ela estava surpresa.

– E bem que fiquei tentado, acredite. Mas naquele tempo eu não estava interessado em namorar e também não queria perder sua amizade por causa de uma noite. Gostava demais de você para arriscar.

– Quer ouvir uma coisa engraçada? Quase todos os namorados que tive se sentiam ameaçados por você.

– Quer ouvir algo mais engraçado ainda? Passei pelo mesmo problema com minhas namoradas. Não acreditavam que um cara como eu pudesse ter uma mulher como uma grande amiga.

– Talvez percebessem alguma coisa que nós não víamos.

– Talvez. – Ele tirou uma mecha de cabelo do rosto dela. – Eu nunca lhe contei o que Lynn me disse pouco antes do nosso casamento, o real motivo de termos rompido.

– O que foi que ela disse?

– Quando estávamos chegando no estacionamento do cartório, ela disse que só se casaria se eu despedisse você.

– Está brincando! – disse Zöe com os olhos arregalados.

– E também não queria que eu a visse mais. Queria que eu rompesse totalmente com você.

– Que maluquice. E o que foi que você disse?

– No princípio achei que estava brincando, e quando vi que era sério, fiquei atordoado demais para falar. Já tinha algumas dúvidas quanto a me casar, mas até aquele momento eu estava decidido a ir até o fim.

– Mas você esperou até o último minuto para lhe dar o fora?

– Ela era manipuladora demais. Quis puni-la, humilhá-la um pouco, sei lá. Precisava ver a sua arrogância. E, quando a defendi, mal ou bem, eu estava escolhendo você e não ela.

– Obviamente isso doeu. – Zöe parecia solidária, mas ele sabia que estava se divertindo com a história. Gostava de ouvir que ele a escolhera em detrimento da mulher que pedira em casamento.

– Sinto uma certa vergonha em dizer, mas eu realmente gostei de lhe dar um fora.

– Então somos dois. Também me diverti muito com essa história.

– Agora estou exatamente onde deveria estar. – Ele pousou sua mão grande sobre a barriga dela, onde o filho deles se desenvolvia. – Aqui com você e o bebê.

Zöe soltou um longo suspiro e deitou a cabeça no peito de Nick, envolvendo a mão dele com a sua. E ela também estava exatamente onde deveria estar. E queria dizer isso a ele, neste momento. Mas depois de fazê-lo esperar tanto por uma resposta ao seu pedido de casamento, um simples sim não parecia ser a melhor coisa a dizer.

– Nick – disse ela enquanto acariciava as pontas dos seus dedos.

– Sim?

– Quer se casar comigo?

Como ele permaneceu em silêncio, ela olhou para cima para encontrá-lo sorrindo. Um sorriso que transbordava amor e afeição, e que logo formou uma covinha linda. Nick percebeu que ela estava respondendo ao seu pedido com todas as letras. Curvou-se, pegou seu rosto com as duas mãos e a beijou.

– Claro que quero.

Zöe sentiu um certo alívio. Não que achasse que ele fosse recusar seu pedido, mas agora tudo parecia no devido lugar e sua vida, finalmente, entraria nos eixos.

Ainda havia mais uma coisa. Uma pequena dúvida pairando no ar.

– Devíamos fazer isso logo. – De repente ela estava com pressa de resolver tudo. Oficializar logo aquela situação. Será que ele tinha mudado de ideia? – Você sabe, por causa do bebê.

– Para quando?

– Que tal a próxima sexta-feira?

Nick abriu um largo sorriso.

– Sexta-feira será perfeito.

– Uma cerimônia pequena, só com o juiz de paz?

– Como você quiser.

Zöe se aconchegou em seus braços, com a certeza de que estava fazendo a coisa certa e desejando que ele também pensasse assim.

Depois de ficar algum tempo em silêncio, Nick falou:

– Posso contar um segredo?

– Pode me contar o que você quiser.

– Nunca me declarei para mulher nenhuma.

Zöe se afastou e se apoiou no cotovelo para fitá-lo.

– Como é possível se você já foi noivo duas vezes?

– Estranho, não é?

– Você não as amava? – De certa forma queria que ele respondesse que não. De um jeito egoísta, ela gostaria de ser a única na vida dele.

– Não sei. Talvez sim, do meu jeito. Ou não sou capaz de amar.

Com a infância que ele teve não deve ter aprendido a amar. Como devia ser triste uma pessoa passar a vida toda sem se sentir amada de verdade.

– Sou uma pessoa diferente ao seu lado, Zöe. E nós vamos ter uma família de verdade.

Ela tornou a apoiar a cabeça no peito dele, apreciando o seu cheiro e ouvindo seu coração bater.

Uma família. Ela e Nick.

Será que isto queria dizer que a amava? E se a amava, por que não disse com todas as letras? Não seria capaz?

Ou o simples fato de admiti-lo para ela já era um passo? E, caso tenha sido, ao menos foi um passo na direção certa.

Nick ficou quieto durante um certo tempo e depois sua respiração se tornou calma e compassada e Zöe soube que ele estava dormindo.

Zöe sabia que ele a amava. Isso não era ilusão. Lá no fundo do coração, ela sabia. Sentia isso quando ele olhava e tocava nela. Quando estivesse pronto, ele diria.

Ela só precisava ter um pouco de paciência.

CAPÍTULO 11

ZÖE ESTAVA muito cansada no dia seguinte às 7h, quando Nick tentou acordá-la. Conseguiu abrir um olho e viu que ele, apesar da hora em que tinham dormido, estava bem acordado, de banho tomado e já vestido. E deve ter ficado bem óbvio que ela não estava em condições de ir trabalhar naquela hora, porque ele a beijou, a cobriu até o pescoço e disse que a veria mais tarde.

Voltando a dormir, Zöe teve sonhos estranhos e perturbadores. Sonhou que era o dia do seu casamento e que ela entrava pela nave da igreja de braço dado com seu pai. Em vez de um tradicional vestido de noiva, ela vestia a mesma roupa com que fora aos dois casamentos de Nick exatamente como estava agora, com as alças arrebentadas, todo manchado de champanhe e tingido de vermelho, a cor do carro da Faith.

Ninguém parecia estranhar aquilo. Os convidados que lotavam a igreja estavam todos vestidos de branco e sorriam para ela. Rosas vermelhas decoravam todo o percurso da nave, dando aos presentes uma cor pálida e celestial.

A sua mente dizia que tudo estava normal, mas ela sentia que alguma coisa não ia bem.

Nick estava de pé no altar esperando por ela e usando o mesmo terno do seu último casamento. Sorria sem nenhuma naturalidade e parecia estar ali contra a sua vontade. Ela continuava a andar e tentava se convencer de que tudo acabaria bem, mas, em vez de se aproximar, cada vez ela se distanciava mais. O ambiente estava impregnado pelo forte cheiro das flores. Mas não era um perfume de rosas, o cheiro era acre como sangue. O odor ardia no seu nariz e provocava dores na barriga.

Alguma coisa estava muito errada.

Acelerou o passo, tentando desesperadamente alcançá-lo, mas a imagem de Nick ia se desfazendo gradualmente da sua vista. Desaparecendo. Chamou seu nome, mas ele parecia não ouvi-la.

Tentou correr, mas suas pernas ficaram pesadas e fracas e ela começou a sentir fortes cólicas. A neblina ficou mais forte e se fechou em torno dela como se fosse papel molhado. Ela rasgou o papel com suas unhas, mas a neblina entrou em seus pulmões deixando-a sem ar. Não conseguia ver, nem respirar, só ouvia a batida acelerada do seu coração.

Chamou por Nick de novo, mas não adiantou. Nick, seu pai, os convidados sorridentes, todos tinham sumido. Ela estava sozinha com a estranha sensação de que havia se tornado a número três. Nick a tinha deixado no altar, como fizera com as outras.

Ouviu alguém chamar seu nome e sacudi-la pelo ombro.

Zöe deu um pulo na cama, desorientada e ofegante.

– Oi. Tudo bem? – Faith estava ao lado da sua cama com um olhar preocupado.

– Tive um pesadelo – falou com uma voz muito fraca.

– Você chamou pelo Nick. Mas ele já saiu para o trabalho. – Faith colocou a mão na testa de Zöe. – Você está toda suada.

Faith tinha razão. Os lençóis pareciam estar colados ao seu corpo ensopado, seu cabelo estava úmido e ela suava frio.

Zöe piscou várias vezes, fazendo força para acordar, mas permanecia no meio do caminho entre o sono e a consciência. Levou alguns minutos para se dar conta de que as fortes cólicas na barriga não tinham desaparecido junto com o sonho.

Então era apenas um sonho. Ela estava bem. Mas a dor era bem real e intensa.

De repente o medo a dominou e seu coração deu um pulo violento dentro do peito.

Faith olhou para ela e ficou com medo.

– Zöe, o que houve? Você está branca como uma folha de papel.

Tudo estava bem. O bebê estava bem, ela se assegurou, mas as pontas dos dedos ficaram dormentes. Tinha dificuldade de respirar fundo.

Foi quando Zöe sentiu um esguicho quente escorrer entre as pernas.

Não, isto não estava acontecendo.

Ela e Nick se casariam. Eles teriam um bebê.

– Zöe? – Faith colocou a mão no seu ombro novamente e sua voz era de medo. – Fale comigo.

As cólicas aumentaram.

Não, isto não podia estar acontecendo. Tinha que descobrir um jeito de fazer isto parar. Tinha que fazer alguma coisa.

Zöe olhou para a irmã e seus olhos se encheram de lágrimas.

– Acho que estou perdendo meu bebê.

Nick esperava impaciente que o elevador do hospital o levasse ao terceiro andar. Não tinha a menor noção do que havia acontecido. Só recebeu uma mensagem de Faith dizendo que fosse para o Royal Oak Beaumont Hospital.

Nick ficou longe do escritório a manhã toda e seu celular estava desligado, pois se esquecera de carregá-lo na noite anterior. Só ficou sabendo que havia algo de errado 20 minutos atrás, quando Shannon o encontrou a caminho do escritório.

Ele tentou falar com Faith e com Zöe pelo celular e nenhuma das duas o atendeu.

Devia ter uma explicação racional para isso, ele ficava repetindo para si mesmo. Não havia nada de errado acontecendo. Ele tinha certeza de que ela estava bem.

Mesmo assim bateu medo dentro dele. E se ela não estivesse bem? O que ele faria?

O elevador parou e as portas se abriram. Ele cruzou o corredor e caminhou até a recepção para dar o nome de Zöe a uma enfermeira com cara de cansada.

– Quarto 1314 – disse ela numa voz tão cansada quanto o seu rosto. E sinalizou com a mão. – Chegando no fim do corredor, vire à direita.

Nick caminhou pelo corredor dirigindo-se ao quarto e seu coração foi se acelerando mais a cada passo.

Zöe estava bem e tudo voltaria ao normal.

Ele dobrou à direita e viu Faith de pé junto à porta de um dos quartos. Ao virar o rosto em sua direção, Nick viu pela sua expressão que as coisas não iam bem.

Seu coração pulava e parecia querer sair pela boca.

– O que foi que aconteceu? – perguntou. – Como está Zöe?

– Ela está bem – disse Faith. – O médico quer mantê-la aqui por uma noite só como medida de segurança.

O alívio foi tanto que ele sentiu seus joelhos bambearem. Ele deu um murro no batente da porta para se acalmar. Não tinha noção do quanto estava com medo. Não sabia o que faria se ela estivesse machucada ou doente.

Então por que estava aqui?

Neste exato momento ele entendeu. Estava preocupado com Zöe, e se esquecera completamente da gravidez.

– E o bebê? – perguntou.

Faith o fitou e depois mordeu o lábio, exatamente como Zöe fazia quando dava uma notícia ruim.

Droga.

Eles perderam o bebê.

O que será que aconteceria com Zöe? Ultimamente ela vinha gostando da ideia de ser mãe. Nick sabia que seria um golpe difícil para Zöe. Ela se culparia. E se tivesse alguma coisa a ver com a noite passada? Jamais se perdoaria se a culpa fosse dele.

No momento precisava ter certeza de que Zöe estava bem.

– Posso entrar?

– Claro, ela está esperando por você – disse Faith.

Nick respirou fundo para criar coragem e abriu a porta do quarto. Ao entrar viu Zöe, pequena e vulnerável, sentada na cama vestindo a camisola do hospital. Parecia solitária e entorpecida.

– Oi – disse ele ao se aproximar da cama. De perto ela parecia estar prendendo o choro, tentando não se entregar.

Era típico de Zöe achar que tinha de ser forte para todo mundo.

Olhou para ele com um ar sofrido.

– Perdemos o nosso bebê.

Nick já sabia, mas ouvir as palavras da boca de Zöe era como se recebesse uma punhalada.

– Faith me contou. Perdoe-me por não ter vindo antes. – Ele se sentou na beira da cama e Zöe permaneceu sentada ao seu lado. Estava tão tensa que bastava um empurrão para derrubá-la. Será que pensou que ele a deixaria sozinha neste momento?

– Estou tão triste – falou ela baixinho, com a voz trêmula.

– Zöe, está tudo bem. Não foi culpa sua. – Nick a envolveu nos braços e a puxou para si e ela se desfez em lágrimas. Chorou baixinho por alguns minutos e ele a consolou no abraço. Não tinha a menor noção do que fazer e do que falar para ela. Não sabia nem o que tinha acontecido de fato.

– Temi que você se zangasse – ela disse com a voz calma e triste.

– Por que estaria zangado? – Nick perguntou ao entregar-lhe um lenço de papel.

– Sei o quanto você queria esse filho. – Ela encolheu os ombros e enxugou as lágrimas.

– Mas o fato de você estar bem é o que importa agora.

– É tão estranho. Quando soube que estava grávida fiquei apavorada, mas agora me sinto tão vazia. Eu queria muito ter esse filho, de verdade, Nick.

– Eu sei. – Nick retirou uma mecha de cabelo que colara no rosto molhado de lágrimas de Zöe. Não queria saber, mas tinha que perguntar. – Qual foi o motivo? Será que ontem...

– Não foi por isso. Fizeram um exame de ultrassom e pude ver pela cara da médica que a situação não era boa. Ela disse que o ginecologista viria me ver. Isso foi uma hora atrás.

– Perdoe-me por não ter estado aqui com você. – Nick fez um carinho nas costas dela. Às vezes se esquecia de como era pequena e vulnerável. Seu primeiro impulso foi de protegê-la. Precisava dizer qualquer coisa para aliviar seu sofrimento. – Tenho certeza de que tudo vai ficar bem.

– E se não ficar? – disse ela com medo. – E se alguma coisa muito séria estiver acontecendo? Nunca tinha pensado em ter filhos antes, mas a possibilidade de não poder tê-los mais...

– Não adianta se preocupar até saber o que está acontecendo.

Mas Nick começou a pensar na possibilidade de Zöe não poder ter filhos. E se não pudessem ter filhos juntos? Depois de tantos anos querendo formar uma família, esperando a hora certa, será que poderia se casar com uma mulher que não fosse lhe dar filhos?

A resposta o surpreendeu.

Na verdade, não faria a menor diferença, desdeque a mulher com quem casasse fosse Zöe. Talvez no primeiro momento ele tivesse resolvido se casar com ela por causa da gravidez. Mas agora, não, agora ele a queria.

Com ou sem bebê.

Antes que pudesse dizer-lhe isso, o dr. Gordon entrou no quarto e Faith entrou junto. Ao se cumprimentarem, o médico pôde sentir a mão de Zöe tremer.

– Em primeiro lugar, acabei de ver a sua ultrassonografia. E desde já posso garantir que nenhum dos dois tem culpa. Uma fina membrana separou o útero de Zöe em dois, impedindo que o bebê crescesse e, portanto, provocando o aborto.

Ele continuou explicando que fora uma sorte, na verdade, já que o óvulo tinha se aninhado na parte menor do útero. Se tivesse sido na maior, era bem possível que a gestação perdurasse até o quarto ou quinto mês até acontecer um aborto, o que seria um desgaste físico bem maior.

Nick achava difícil considerar a perda de um filho uma sorte, mas o que o médico disse fazia sentido.

Zöe não falou nada, simplesmente agarrou a mão de Nick. Então ele perguntou ao médico aquilo que ela não tinha coragem.

– E como se pode resolver isto? Com cirurgia?

– É um procedimento simples que pode ser feito no ambulatório. E se tudo correr bem, a recuperação se faz em apenas duas ou três semanas.

– Depois disso ela ficará bem? Poderá engravidar de novo? – Ele queria saber, não por ele, mas para que Zöe não ficasse imaginando coisas.

– Encontrou alguma dificuldade para engravidar?

– Não – Zöe e Nick responderam ao mesmo tempo, provocando um sorriso do médico. Engravidar foi a parte mais fácil.

– Não vejo por que ela não possa engravidar e levar a gravidez a termo após a cirurgia. – Ele lançou um sorriso para Zöe. – Fique tranquila, vai acabar tudo bem.

Nick percebeu a mão de Zöe mais relaxada na sua e quase pôde sentir a onda de alívio que percorreu o seu corpo. Ele conhecia bem a forma de agir dos médicos. Vivendo numa sociedade onde tudo era objeto de contestação na justiça, eles não davam falsas esperanças. Ele sabia que Zöe ficaria bem e superariam esta fase. E depois da cirurgia tentariam novamente.

– Gostaria de vê-la no meu consultório dentro de duas semanas – o médico disse para Zöe. – Se estiver bem, vamos agendar a cirurgia.

Zöe e Nick ainda fizeram algumas perguntas ao médico, agradeceram e ele foi-se embora. Depois que ele saiu, Faith contornou a cama e deu um abraço e um beijo na irmã.

– Estou feliz que tudo esteja bem.

– Obrigada – disse Zöe. Entre elas havia um entendimento que ia além das palavras.

Ela não tinha a menor noção de como era feliz por ter aquele tipo de vínculo com alguém. De ter uma família. Agora ele também teria. Quando se casassem, a família dela seria dele.

– Vou até o café para deixá-los a sós um pouco – avisou Faith. – Vejo vocês daqui a-pouco.

Assim que ela saiu, Zöe se virou para Nick.

– Acho que você pode se considerar livre agora, hã?

Ela não podia estar falando sério. Nick pegou-lhe a mão.

– Livre de quê?

– Livre de se casar comigo, porque não existe mais bebê nenhum.

– Vou fingir que você não falou isso para mim.

– E se eu não puder ter mais filhos, Nick?

– Será uma pena, meu amor. Você está presa a mim. – Uma lágrima correu no rosto dela e Nick a limpou com o polegar. – Você ouviu bem o que o médico disse. Não tem por que se preocupar. Depois da cirurgia, tudo vai ficar bem.

Zöe acenou com a cabeça, mas não estava totalmente convencida.

– Mas está faltando uma coisa – ele disse.

– Faltando?

– Faltando tornar a coisa oficial. – Saboreando o seu olhar desconfiado, Nick colocou a mão no bolso da jaqueta e retirou uma pequena caixa de veludo. Ele abriu a caixinha e observou Zöe olhar boquiaberta para o anel de noivado, um brilhante de dois quilates sobre uma armação de platina que comprou depois de percorrer seis joalherias diferentes e demorar três horas para escolher.

– Ai, meu Deus! – Ela estava atordoada. – Você comprou um anel para mim?

– Comprei. Levei a manhã inteira para escolher o anel certo para você. – Ele tirou o anel da caixa e colocou no dedo da mão direita de Zöe. Estava perfeito. Era delicado sem ostentação.

Zöe levantou a mão para olhar o anel e a pedra reluziu na luz fria do quarto.

– Como adivinhou o tamanho do meu dedo?

– Peguei um anel seu da sua caixa de joias hoje de manhã, antes de sair. Você gostou?

– É exatamente o que eu teria escolhido. – Lágrimas escorriam dos seus olhos. Lágrimas de felicidade, ele esperava. Então Zöe olhou para ele emocionada. – É lindo, Nick.

– Então, já estamos oficialmente noivos. E como não temos mais pressa, podemos esperar e fazer uma festa bonita se você quiser. Uma festa grande. Sempre ouvi dizer que a maioria das mulheres passa a vida planejando sua festa de casamento.

– Eu não – disse Zöe, sacudindo a cabeça. – Eu não faço questão de uma festa grande. Só não quero mais esperar. Quero que seja na próxima sexta-feira, como planejamos.

– Tem certeza de que vai estar bem até lá? Você passou por uma situação muito sofrida hoje...

– Só de saber que tudo vai ser resolvido, já estou me sentindo melhor. Vou tentar engravidar novamente assim que o médico me liberar. Quero ter o nosso bebê.

Nick apertou a mão dela, concordando.

– Como você quiser.

– E quero mais de um filho. Uns dois ou até três, quem sabe.

Nossa! Quando mudava de opinião, ela radicalizava.

– Se nos tornarmos uma família de cinco pessoas nunca vamos caber na sua casa ou no meu apartamento, vamos ter que construir uma casa maior.

– Com um terreno bem grande para Tucker e as crianças brincarem? E um bonito jardim?

– Você é que manda.

– É isso que eu quero – disse ela e o envolveu num abraço longo e apertado. – É exatamente o que eu quero.

Zöe parecia feliz e soava feliz, então por que Nick ainda tinha a sensação de que havia algo errado?

CAPÍTULO 12

Zöe tirou o resto da semana de folga e, mesmo contrariando a vontade de Nick, voltou ao trabalho na segunda-feira de manhã. Estava cansada de sentir pena de si mesma.

Era a coisa certa a fazer. Depois de quatro dias de repouso ela já estava bem melhor física e mentalmente. Sentia que estava pronta para retomar sua vida normal.

Ela pensava naquilo que o médico havia dito, sobre como seria pior se a gravidez persistisse por quatro ou cinco meses. O bebê estaria quase formado. Seria um pequeno ser humano. E eles saberiam se era menino ou menina.

Mas a gravidez também seria interrompida e em vez de passar os dias repousando eles teriam passado planejando o funeral. Zöe sentiu um frio subir pela espinha.

Na verdade foi uma bênção disfarçada. Perdeu o bebê quando ainda era um simples projeto de vida e nem chegou a senti-lo mexer.

Por mais que Nick quisesse filhos, ele não ficou zangado como ela imaginava. Ele parecia mais preocupado com a saúde dela do que com a perda do bebê. Mesmo assim, ele pareceu interessado em saber sobre as possibilidades de uma futura gravidez e ficou aliviado quando o médico afirmou que a cirurgia resolveria o problema.

Mas ela não parava de pensar se isso era verdade. Nick não queria nem discutir o problema. E se alguma coisa desse errado e a impedisse de ter filhos? Como será que Nick vai se sentir sobre o casamento?

Claro que se até lá eles já estivessem casados.

Talvez fosse por isso que ele quis adiar o casamento. Queria ter certeza da sua recuperação antes de se casar. Podia não se interessar por uma mulher que não pudesse lhe dar filhos.

Ela fechou os olhos e balançou a cabeça em negação.

Isto é ridículo. Ele lhe dera um anel lindo e tinha sido incrivelmente carinhoso nos últimos dias.

Durante o período em que ficou no hospital, ela só pensava em voltar para casa, mas, quando chegou o dia, parecia que tudo havia mudado. Retomar sua rotina tinha sido difícil demais. Nick ficou ao seu lado o tempo todo ao voltarem para casa.

Ele lhe trouxe chá e a consolou quando chorou, o que foi uma constante.

Por que faria isso se não quisesse se casar com ela? Se não a amasse?

E se ele a amava, por que não lhe dizia isso?

– Oi, Zöe, como está passando?

Zöe levantou o rosto e viu Shannon de pé na porta da sua sala. De novo. Já era a terceira vez, hoje, que ela vinha perguntar sobre a sua saúde e ainda eram 15h. Vinha se comportando assim a semana toda, cuidando de Zöe como se fosse sua mamãe.

– Pode parar de tanto mimo. Eu estou bem.

Shannon fez uma careta para Zöe. Depois de alguns segundos, seu olhar suavizou como se ficasse satisfeita por Zöe ser sincera com ela.

– Você sabe onde me encontrar se precisar de mim – disse ela antes de sumir no corredor.

A notícia sobre o que aconteceu com ela correu o escritório todo em tempo recorde. Recebeu muitas cestas de flores e cartões desejando pronto restabelecimento, durante o fim de semana. Os cartões eram endereçados a ela e a Nick, portanto o caso deles não era mais segredo para ninguém. Também já sabiam que os dois se casariam.

Vários funcionários queriam fazer uma festa de despedida de solteiro para ele, mas ele se desculpou alegando que depois de tudo que havia nos acontecido não achava apropriado. E Zöe disse a mesma coisa para as colegas de trabalho que sugeriram uma ida ao clube de *striptease* masculino em Windsor, do outro lado da Ambassador Bridge.

Ela só queria resolver logo este casamento. Cada dia que passava ela ficava mais ansiosa, mais preocupada que fosse caminhar até o altar para chegar e ouvi-lo dizer que não queria mais se casar.

E se ele nem aparecesse? Eles seguiriam a tradição de dormirem longe um do outro na véspera do casamento.

Ideia de Nick. Ela ficaria em casa e ele dormiria no seu apartamento, onde O'Connell estava morando. Ela devia ter insistido de chegarem juntos no casamento, pois assim garantiria que ele fosse.

Zöe quase soltou um gemido bem alto.

Isto era ridículo. Estava sendo tola e paranoica. Claro que ele apareceria. Não só ele apareceria como se casaria com ela. Mesmo que ainda não tivesse dito que a amava.

Faltavam menos de 24 horas para ela se tornar a sra. Nick Bateman. A esposa de alguém. Há um mês este fato lhe teria provocado urticária, mas por algum motivo o plano de se casarem já não lhe parecia mais tão estranho. Ela mudou nas últimas semanas. Ficar com Nick a fez entender que dividir sua vida com alguém não significava ter que abrir mão da sua liberdade. Não precisaria ser condescendente.

Ela nem se importava de ter que conviver com aquele cachorrão grandão. Para dizer a verdade, eles já se sentiam como uma família. E algum dia aquela pequena família cresceria com a chegada de crianças. Um menino de cabelos castanhos e as covinhas de Nick, ou talvez uma menina de cabelos encaracolados e teimosa como a mãe.

Eram muitas as possibilidades.

Tiffany, da contabilidade, entrou na sua sala sem bater, como era um hábito seu, e colocou uma fatura sobre a mesa de Zöe.

– Preciso disso aprovado – ela falou de estalo.

Legal, pensou Zöe. Todos ali sabiam que Tiffany foi apaixonada por Nick logo que chegou para trabalhar na empresa. Segundo Shannon, Tiffany estava convencida de que seria a próxima da fila depois que Nick rompeu o casamento com Lynn. Mas Nick se esquivou de todas as suas investidas. Quando ela perdeu a vergonha e o convidou para sair, ele recusou educadamente.

Era uma moça nova, muito bonita e de peito grande, portanto, não devia estar acostumada a ouvir um não de um homem. Desde o dia em que pegou Nick e Zöe, se beijando no escritório, ela ficou morrendo de inveja e começou a se indispor com todos, e Zöe era a maior prejudicada com tudo isso.

O que Tiffany não parecia saber é que Zöe tinha autoridade suficiente sobre ela para demiti-la e já o teria feito se ela não fosse uma funcionária tão eficiente.

– Até segunda-feira estará aprovado – disse Zöe na esperança de que Tiffany entendesse e fosse embora.

Mas não foi o que aconteceu.

– Então amanhã é o grande dia, hein?

– Isso – respondeu Zöe fingindo estar focada no arquivo que abrira na tela do seu computador. Se você ignora uma pessoa, ela vai embora, certo?

– E não está nervosa, tendo em vista a reputação de Nick?

Simplesmente a ignore, repetia para si mesma. Ela só está tentando irritá-la. Zöe encarou Tiffany, forçando um sorriso paciente, mas que, provavelmente, parecia mais uma careta.

– Tiffany, estou um pouco ocupada aqui.

Tiffany continuou como se Zöe não tivesse dito, em outras palavras, para ela sumir.

– Estou preocupada com você. Tenho certeza de que está se sentindo muito vulnerável nesta hora.

Era inacreditável! Tiffany estava fingindo que estava preocupada com o bem-estar de Zoë? Que mulher falsa!

– Estou sensibilizada com a sua preocupação. – Mentira. – Mas fico meio sem jeito de falar sobre a minha vida particular com você.

– Você deve estar ao menos um pouquinho preocupada – ela insistiu. – Isto é, antes ele tinha uma razão para se casar com você. Mas agora, bem...– Ela deixou a frase no ar para Zöe captar.

E foi exatamente o que aconteceu. Zöe teve que se conter para não voar em cima de Tiffany e arrancar seus olhos.

O que ela estava dizendo, na verdade, era que como Zöe não estava mais grávida, Nick não precisaria mais se casar com ela. Não podia negar que certa dose de medo corria em suas veias. Porque nada do que ela disse era mentira. Indelicada e desagradável, sim, mas não inconcebível.

– Seria horrível ser abandonada no altar, mas pode ser que ele nem apareça.

Os pulsos de Zöe estavam cerrados no seu colo. "Não a mate. Não a mate, pois está usando você para extravasar a própria raiva", ouvia sua voz interior. Mas como seria gostoso deixar um de seus olhos azuis bem preto. Quem sabe os dois. Tiffany podia ser oito anos mais moça e uma cabeça mais alta, mas Zöe achava que podia enfrentá-la.

– Cale a boca, Tiffany – falou Shannon áspera da porta, fingindo ser um anjinho de misericórdia. – Você só está com ciúme porque convidou Nick para sair e ele não quis.

O rosto de Tiffany ficou vermelho e ela lançou um olhar de raiva para Shannon.

– Apostei em Nick a deixando no altar. Então, vamos ver, né?

– Descarada – murmurou Shannon quando Tiffany saiu pisando forte.

Zöe se recostou na cadeira e respirou aliviada.

– Se você não tivesse aparecido logo, eu poderia ter sido acusada de tentativa de agressão.

– Não dê ouvidos a ela, Zöe. Ela não sabe do que está falando.

– O que queria dizer com apostou em Nick me deixando no altar? – perguntou Zöe mas já sabia qual seria a resposta.

– Esqueça isso.

– O que ela quis dizer, Shannon?

Shannon mordeu o lábio, sem graça.

– Eu não ia lhe contar...

– É outra bolsa de apostas, não é? – Era só o que faltava, os funcionários apostando que ela seria abandonada.

Shannon acenou a cabeça concordando e Zöe sentiu um aperto no coração. Teve vontade de ir para casa, deitar na cama, cobrir a cabeça e ficar lá para sempre.

– Em que exatamente estão apostando? – perguntou ela tentando manter a voz firme. Fingindo que não estava se sentindo magoada e traída pelas pessoas que considerava suas amigas.

– Apostam entre Nick se casar com você, deixá-la no altar ou nem aparecer.

Zöe sentia-se fraca.

– E em qual opção você apostou? Acha que ele vai me abandonar?

– Desta vez não apostei, mas se fosse apostar, seria que ele vai se casar com você, sim. Sem dúvida. Nunca na minha vida vi duas pessoas mais perfeitas uma para a outra.

– Você não achava que ele se casaria comigo pelo bebê?

– Para mim, a gravidez só apressou as coisas. Não duvido que queira filhos, e talvez tenha sido o motivo de pedir as outras em casamento, mas com você é diferente, sei que é.

Zöe queria acreditar nisso mas tinha suas dúvidas. Se ao menos ele dissesse que a amava.

Se por um milagre Nick não a deixasse no altar, se eles se casassem de fato, será que pretendia passar o resto da vida com um homem que apenas gostava muito dela? Será que ela não merecia nada melhor?

– Vai dar certo – assegurou Shannon.

Era o que ela pensava, mas agora já não tinha tanta certeza. E o que ela faria sobre isso?

– TEM CERTEZA de que não quer que eu fique com você? – Faith já estava perguntando pela enésima vez. – Posso pegar o carro, dirigir a 220 km por hora, que consigo chegar aí a tempo para o casamento.

Três horas, pensou Zöe. Ela se casaria com Nick em três horas. Parecia tão irreal.

Ela não dormiu nada a noite inteira e antes do amanhecer já estava de pé. Estava nervosa demais para comer. Dispersa demais para fazer qualquer outra coisa que não fosse ficar sentada na cozinha, tomando chá e folheando o jornal.

Segundo o jornal *Oakland Press*, a temperatura chegaria a 19 graus, com céu limpo o dia todo. Nada podia ser melhor.

Aquele era o dia do seu casamento, pelo amor de Deus! Deveria estar feliz. Então por que não estava entusiasmada? Ela nem tinha tomado banho ainda, e o vestido que ela e Shannon tinham passado a quarta-feira inteira escolhendo ainda estava no banco de trás do carro.

– Zöe? – Faith a chamou.

– Eu nem sei se vou ao casamento ainda – ela confessou.

– Nem fale uma coisa dessas. Nunca a vi tão feliz. Sei que já passou por muita tristeza na semana passada. Talvez Nick tenha razão e você devesse esperar para programar um casamento de verdade. Quando possa convidar sua família e seus amigos.

E se ariscar a ser abandonada no altar na frente da família Simmons inteira? De jeito nenhum!

– Só estou com tensão pré-casamento – disse para a irmã só para evitar que ela saísse correndo de carro para obrigá-la a se arrumar. – Tudo vai dar certo.

– Nick ama você.

– Eu sei.

Mas aí estava o problema. Ela não sabia na verdade. Nick não tinha dito, e ela não teve a coragem de perguntar.

E se ele dissesse que não?

"Me perdoe, Zöe. Não consigo amar, mas eu gosto muito de você", ela pôde ouvir as palavras sendo ditas por Nick.

– Preciso desligar para me aprontar – disse Zöe.

– Você está bem?

– Estou ótima. – Mentira, mentira, mentira. Ela não estava nada bem.

– Ligue para mim mais tarde, para me dizer como foi.

– Eu prometo.

Ela desligou o telefone e soltou um logo suspiro. Não estava disposta a tomar banho ainda. Então, fez mais um chá e se sentou na cadeira.

Duas horas depois, ela ainda estava lá e só então se deu conta que não podia fazer isso. Não podia se casar com ele.

Mas o que diria a Nick?

CAPÍTULO 13

NICK ESPERAVA no saguão do cartório, se alternando entre vigiar a porta, conferir a hora no relógio e retirar o celular do bolso para se certificar de que estava ligado. Sua camisa engomada estava dura e desconfortável sob o paletó do terno e a gravata nova parecia ser um laço em torno do pescoço.

Ele já tinha ligado para os telefones de Zöe, o de casa e o celular, mas ela não atendeu. Tinha ligado até para Faith, e também para Shannon no escritório, mas ninguém tinha falado com ela nas últimas horas.

Um homem de bom senso já teria desistido há mais tempo, logo que percebesse que sua noiva não apareceria para o casamento.

Ele deveria estar pelo menos um pouquinho zangado com Zöe por abandoná-lo, mas, na verdade, já esperava por isso.

E ele bem que merecia.

Mas foi até bom. Era o empurrão de que precisava para entender o quanto tinha sido idiota.

Que motivo lhe dera para acreditar que se casaria com ela? Na certa ela devia imaginar que ele não apareceria.

Ele de fato disse que queria se casar com ela, mas também dissera o mesmo às outras duas.

Falhou quando não lhe provou que com ela seria diferente.

Ele amava Zöe e deveria ter dito isso a ela.

E bem que teve a oportunidade de dizê-lo. Naquela noite em que fizeram amor e ela lhe disse que o amava, ele devia ter dito que a amava também. E mais tarde, quando admitiu que nunca dissera essas palavras, poderia ter dito então.

Poderia ter dito no hospital, ou em qualquer hora do outro dia em que passaram juntos sofrendo a perda do bebê. Tantas vezes as palavras estiveram na ponta da língua, prontas para ser ditas, mas alguma coisa sempre atrapalhava.

Talvez ele tivesse se acostumado a ser assim. Sua mãe foi a única pessoa que o amou e ela havia partido. Não por culpa sua, mas isso não diminuiu seu sofrimento.

Os seus tios talvez o amassem, mas, se amaram, nunca disseram para ele. Habituara-se a não deixar as pessoas se aproximarem muito dele, não se permitira se apaixonar.

Talvez ele ainda fosse apenas um garotinho que não queria mais sofrer.

Tarde demais, ele estava apaixonado por Zöe. E a única coisa que conseguiu com isso foi magoá-la.

– Eu a amo – disse para si mesmo, surpreso por ver que era tão fácil. Ele, inclusive, gostou do som da frase e de formar as palavras em sua boca.

Parecia... natural.

Ele se encaminhou para as escadas, pois já sabia o que tinha de fazer.

Estava na hora de dizer adeus ao garotinho e começar a agir como um homem.

Zöe não soube dizer quanto tempo depois do horário marcado para o casamento Nick finalmente chegou. Ela estava sozinha sentada no balanço, no quintal, ainda de pijama, com as pernas encolhidas e os joelhos presos sob o queixo, imaginado se ele tinha aparecido. Devia estar tão zangado que nunca mais falaria com ela.

Então, a porta dos fundos se abriu e Nick surgiu ainda vestido no seu terno. Atravessou o gramado do jardim até o balanço, as mãos dentro dos bolsos da calça, e seu rosto parecia mais cansado do que zangado.

Nossa! Como ele ficava bonito de terno! Quase tão bonito quanto sem terno nenhum.

O que havia de errado com ela? Acabara de rejeitar o noivo e agora ela o imaginava nu?

– Parece que se esqueceu de que tínhamos um compromisso esta tarde.

Zöe encolheu-se de vergonha e olhou para ele com um ar arrependido.

– Me perdoe, Nick.

– Não. – Nick sentou-se no balanço ao lado dela e afrouxou a gravata. – Eu é que tenho de lhe pedir perdão.

Então ele não estava com ódio dela, não acreditou. Talvez achasse que ela merecia isso.

– Agi muito errado. Acho que... fiquei com medo.

– Medo que eu lhe desse o fora? Ou simplesmente não aparecesse?

Zöe balançou a cabeça, agradecida por ele ter falado por ela. E ainda mais agradecida por sua compreensão.

– Eu não lhe dei motivo para acreditar no contrário. – Ele lhe segurou a mão e entrelaçou seus dedos nos dela. – O que faz de mim o grande culpado desta confusão toda.

– Devia ter confiado em você.

Nick riu, mas hão havia graça na sua risada.

– O que foi que fiz nesta vida para merecer a sua confiança? Eu a pedi em casamento? Coloquei um anel no seu dedo? E daí? Fiz a mesma coisa com as outras duas mulheres e não estou casado com nenhuma delas, estou?

Droga, por que tocar na ferida? Será que desejava que ela se sentisse pior ainda?

– Não estou certa do que quer dizer, mas isto não está ajudando muito – disse Zöe.

– O que estou querendo dizer é que eu sabia muito bem que você precisava de mim, mas fui covarde demais para lhe dar. O que falei sobre o anel tornar a coisa oficial era mentira. A única coisa que faz um relacionamento se tornar oficial é parar de agir como um tolo e dizer o que sinto.

– Eu podia ter perguntado – disse ela.

– Não precisaria ter que perguntar – disparou ele.

É verdade, não precisaria, por isso ela não o fez. Pode chamá-la de teimosa ou antiquada, mas acreditava que, quando se sente alguma coisa por alguém, é preciso dizê-lo.

Nick ergueu-lhe o rosto pelo queixo para se fitarem nos olhos.

– Nunca pensei que fosse possível amar alguém da forma como amo você. Talvez por isso mesmo não acreditei.

Zöe podia sentir seus olhos se enchendo de lágrimas e seu nariz ardendo, e nem tinha como culpar mais os hormônios.

Nick a beijou delicadamente.

– Eu a amo, Zöe, de todo o coração.

Ela fechou os olhos e suspirou. Nunca as palavras tinham soado tão doces ou significado tanto, pois sabia que vinham do coração.

– Eu também o amo, Nick.

– Quero lhe pedir um pequeno favor. Pode soar meio estranho, mas confie em mim.

– Está bem.

– Pode me dar o anel de volta por um minuto?

Era um pouco estranho, mas ela confiava nele. Zöe retirou o anel do dedo e o colocou em sua mão.

– Acho que já está na hora de fazer isso direito. – Ele se colocou de joelhos à sua frente. Zöe estava ofegante e começou a chorar. – Zöe Simmons, me daria a honra de ser a minha esposa?

– Sim – disse ela. Nick voltou a colocar o anel no dedo dela e Zöe o envolveu num grande abraço.

– Sei que não queria uma grande festa de casamento, mas agora não tem mais escolha.

Zöe afastou um pouco o rosto para olhar para ele e viu um sorriso ligeiramente matreiro no seu rosto bonito.

– E por quê?

– Porque ao desligar o telefone depois de pedir sua mão em casamento aos seus pais, eles já estavam fazendo a lista.

– Você ligou e pediu a minha mão a eles?

– Eu disse a você que queria fazer tudo certo desta vez – disse Nick, sorrindo.

Nossa! Agora era, definitivamente, a filha do ano. E pensar que apenas duas semanas atrás ela estava preocupada em ser excomungada.

– O que foi que você falou?

– Disse-lhes que estava apaixonado e que queria a permissão deles para me casar com você.

Zöe mal podia acreditar que ele de fato a pedira em casamento.

– E o que foi que eles falaram?

– Todos os dois falaram que já não era sem tempo.

EPÍLOGO

NICK DESCIA com dificuldade as escadas até o primeiro andar, desviando de uma boneca Barbie, seminua, caída no corredor e chutando para o lado vários carrinhos da coleção Matchbox que estavam na porta da sala de televisão. Tudo isso já devia estar guardado a esta hora.

Quando viu o videogame na tela da televisão compreendeu por que os brinquedos ainda não tinham sido recolhidos.

Ele cruzou a sala, deligou a televisão e recebeu um sonoro "paaaaaaaaaai" dos filhos mais velhos, Steven, de 9 anos, e Lila, de 8.

– Sem reclamações. Vocês deviam estar arrumando os seus brinquedos. Está quase na hora de dormir.

Nathan, de 6 anos, que havia puxado não só o cabelo preto e os olhos castanhos do pai, como também o gene da limpeza, já estava guardando o Lego de volta na caixa de brinquedos.

– Jenny vomitou! – gritou Nathan e apontou para o bebê de seis meses que estava preso no braço esquerdo de Nick. Aquela que estava se contorcendo para sair e engatinhar, sua nova descoberta desde a véspera.

Nick não tinha nenhuma fralda à mão, então limpou a boca do bebê com a manga da própria camisa e se lembrando que, durante os últimos nove anos, raramente suas roupas não traziam vestígios de vômitos de alguém.

– Papai! – A filha de 4 anos, Olivia, a tagarela da turma, berrou da porta, a menos de um metro de distância. Ela falava em dois tons de voz: alto e muito alto. – Mamãe está na cozinha comendo biscoitos de novo.

Nick se agachou para falar com ela enquanto a outra que estava no braço dele começou a gritar para se libertar.

– Olivia, querida, o que foi que mamãe e papai disseram a você sobre intriga?

– Eu quero biscoito também – disse ela fazendo beicinho.

– Está na hora de deitar. Não é hora de comer biscoitos.

– E por que a mamãe pode comer bisoitos na hora de dormir? – perguntou Nathan.

– Porque ela é adulta – disse Lila, dando um empurrão no irmão ao passar por ele. – Ela pode comer biscoitos a hora que quiser.

– Pode comer biscoitos amanhã – Nick disse a ela.

– Mas ela já comeu quase a caixa toda – resmungou Steven. – Amanhã não vai ter mais.

– Ei, rapazote, eu ouvi você. – Zöe estava de pé na porta da sala de televisão, com as mãos na cintura. O cabelo era de cachos molhados do banho recente e seu roupão cor-de-rosa estava cheio de farelos de biscoitos. – Lila, dê uma olhada na sua irmã por um minuto, por favor? Papai e mamãe precisam ter uma conversa urgente.

– Tudo bem, mãe! – disse animada e pegando a irmã caçula do braço do pai. Tomar conta da irmãzinha a livrava de arrumar a bagunça.

Zöe fez sinal para ele sair da sala e resmungou:

– Cinco filhos. De quem foi a ideia brilhante?

Na verdade, não fora nada programado. Depois do nascimento de Steven e Lila, que foram cuidadosamente planejados, concluíram que já estavam felizes, pois tinham um menino e uma menina. Então Lila começou a crescer e Zöe passou a ter aquela vontade louca de ter um bebê em casa novamente.

Eles relaxaram com os anticoncepcionais achando que se era para ser, que fosse, e foi assim que Nathan chegou nove meses depois. Olivia foi o primeiro descuido verdadeiro deles, resultado do excesso de champanhe no Ano-novo.

Jenny, o segundo descuido, foi concebida quando imaginavam que estavam se cuidando. Obviamente não foram eficientes como disse o médico quando lhes apresentou o resultado positivo do exame de sangue.

Depois do nascimento de Jenny, para evitar novos deslizes, o médico a fez tomar pílulas. O que desregulou totalmente o seu ciclo menstrual, e a deixou muito emotiva ultimamente, mas graças a Deus parecia estar funcionando. A única outra opção seria a vasectomia. Ou então Nick teria que se mudar para um apartamento no fim da rua, já que ele não conseguia tirar as mãos de cima dela mesmo depois de onze anos de casados.

Ela o conduziu para a sala de reuniões do primeiro andar, o banheiro-toalete junto à cozinha. Um dos poucos lugares, além do quarto deles, onde podiam ficar sozinhos de verdade.

Zöe o encarou com bochechas vermelhas do banho e os olhos brilhando. Ele ainda se impressionava de ver o quanto a amava. Parecia querer compensar o tempo perdido depois de abrir seu coração.

Sempre que pensava que não poderia amá-la mais do que já amava, a pegava lendo uma história para Olivia dormir, mudando de voz conforme o personagem, ou então a pegava fazendo palhaçadas para distrair Jenny enquanto trocava suas fraldas. Tudo que ela fazia era motivo para ele gostar cada vez mais dela.

Ele podia achar que não era bom amá-la tanto assim, mas ela sentia a mesma coisa por ele.

– O que foi? – perguntou ele.

– Estamos com um problema – ela falou de um só fôlego.

– Que tipo de problema?

– Não é bem um problema. Está mais para um transtorno.

Nick cruzou os braços sobre o peito e perguntou.

– O que foi que quebraram desta vez?

– Não quebraram nada. Você sabe que a minha menstruação está vindo com uma pontualidade britânica, desde que Jenny nasceu.

– Sim, e daí?

Ela mordeu o lábio.

– E também sabe o quanto venho me sentindo estranha, cansada e meio enjoada.

Ai, ai, ai. Estava com a sensação que já sabia onde ela queria chegar.

– Pensei que fosse reação ao anticoncepcional – ele disse.

– No início também achei.

– Mas...

– Mas depois notei que já tinha se passado um bom tempo desde a última menstruação.

– Está me dizendo que está atrasada?

– Estou atrasada – disse Zöe, acenando com a cabeça.

Ele respirou fundo. Lá vamos nós de novo.

– Atraso de quanto tempo?

– De duas ou três semanas.

Ele fez um ar interrogativo.

– Decida. Duas ou três semanas?

Novamente Zöe mordeu o lábio inferior.

– Está mais perto de três semanas.

– Quer dizer que é melhor eu ir à farmácia comprar um teste?

– Eu já comprei, há quatro dias. Fui na farmácia, antes de pegar os garotos na escola.

– Há quatro dias?

Ela encolheu os ombros.

– Só tive coragem de fazer o teste esta noite, depois do banho.

A esta altura da conversa, perguntar era mera formalidade.

– E o resultado?

– De novo.

Ele tentou não sorrir, mas era mais forte do que ele.

Zöe revirou os olhos.

– Nem adianta disfarçar, eu sei que você está feliz, então vá em frente e sorria à vontade.

Ele a segurou pela gola do roupão e a trouxe junto a si e lhe deu um longo beijo.

– Eu amo você.

– Seis filhos – disse ela, sacudindo a cabeça.

Ela parecia meio deprimida, mas Nick sabia que ela estava feliz também.

Na verdade, ela poderia ter mais seis filhos que não ouviria uma reclamação da sua boca. Ele tinha muito amor para dar.

– Nada mal para uma mulher que certa vez disse que nunca teria filhos.

– Steven mal terá completado dez anos quando o neném nascer, o que significa que teremos seis filhos com menos de onze anos. – Ela correu os dedos pelo cabelo dele, que estava começando a ficar grisalho. – Devemos estar ficando malucos.

– Provavelmente – concordou ele. Mas a insanidade foi totalmente menosprezada.

– É nisso que dá casar com um homem que queria uma família grande, hein?

– Sim. Você sabe o que dizem.

Zöe pensou um pouco antes de arriscar.

– Os tolos se apressam para ir onde os anjos não ousam entrar?

Ele riu.

– Cuidado com os seus desejos, eles podem se realizar.

HARLEQUIN
Paixão
AUDÁCIA

PRÓXIMO LANÇAMENTO

FONTE DE AMOR

Maisey Yates

– O problema, dr. Valenti, é que estou grávida.

Renzo Valenti, herdeiro da fortuna da família, cujos negócios se concentravam em bens imobiliários, conhecido mulherengo e farrista assumido, olhou a estranha parada à sua porta.

Nunca tinha visto aquela criatura antes. Disso tinha absoluta certeza.

Não sentia atração por mulheres que pareciam ter passado a noite suando, vagando pelas ruas quentes de Roma, enroladas em lençóis de cetim.

A mulher de rosto vermelho, sem maquiagem, tinha o cabelo comprido, escuro e despenteado preso num coque.

Usava o mesmo tipo de roupa das americanas que invadiam a cidade no verão. Regata justa e reta e saia longa, que quase cobriam os pés empoeirados calçados com rasteiras muito gastas.

Se, por acaso, cruzasse com ela na rua, nem a olharia. Porém, ela estava na casa dele. E havia dito o que nenhuma mulher lhe dissera desde que tinha 16 anos.

Mas, nem ela nem as palavras dela tinham qualquer importância.

– Não sei se dou os parabéns ou os pêsames. Depende.

– O senhor não entende.

– Não – afirmou seco, em meio ao relativo silêncio do espaçoso hall. – Você praticamente invadiu a minha casa e convenceu minha governanta a deixá-la falar comigo.

– Eu não forcei nada. Luciana me deixou entrar de bom grado.

Jamais demitiria a governanta. E o pior é que a funcionária, uma senhora já sabia disso. Então, quando Luciana deixou a moça histérica entrar, ele teve a sensação de que ela queria puni-lo por seu notório comportamento em relação às mulheres.

Não era justo. Essa criaturinha – que parecia mais à vontade sentada na calçada, nas proximidades de Haight-Asburry, tocando guitarra em troca de moedas – devia representar a punição para um homem. Mas não a dele.

– Bem, de qualquer modo, não tenho tempo nem paciência para essa conversa.

– O filho é seu.

Ele riu. Não havia outra reação a uma afirmação tão absurda.

E também não sabia como lidar com o estranho peso e tensão ao ouvir a declaração.

Na verdade, conhecia o motivo de ter sido afetado daquela maneira. Mas não deveria.

Não imaginava nenhuma circunstância em que pudesse ter encostado um dedo naquela hippie ridícula. Além do mais, passara os últimos seis meses preso a um casamento de aparência.

E, embora Ashley se entregasse ao próprio prazer e ao de outros homens durante esses meses, ele permanecera fiel.

Uma mulher com uma barriguinha que mal se notava na camiseta colada, alegando estar grávida dele, não podia ser levada a sério. A situação era ridícula.

Durante seis meses havia enfrentado brigas, vasos voando a torto e à direita, atirados pela mulher ensandecida – que parecia empenhada em destruir o estereótipo de que o povo canadense é bem-educado –, seguidos de dias infindáveis em que ela falava manso, como se ele fosse um bichinho ao qual aplicava o método de bater e elogiar para domesticar.

A mulher não se dava conta de que ele não seria domesticado.

Casara com Ashley por causa dos pais, só isso. E, desde o dia anterior, após assinar o divórcio, voltara a ser um homem livre.

Pronto para fazer o que bem entendesse com aquela mochileira.

Entretanto, só queria colocá-la para fora, despachá-la de volta para a rua.

– Isso, cara mia, é impossível.

A cada semana, um tipo diferente de Paixão para você!!!

SEMANA 1

HARLEQUIN *Paixão*

SEMANA 2

HARLEQUIN *Paixão* ARDENTE

SEMANA 3

HARLEQUIN *Paixão* GLAMOUR

SEMANA 4

HARLEQUIN *Paixão* AUDÁCIA

Visite o site:

www.harlequinbooks.com.br

Lançamentos do mês:

PAIXÃO 483 – DOCE TRAIÇÃO – MAYA BLAKE

A tímida Carla Nardozzi entregou sua inocência para Javier Santino em uma noite de total rendição. Na manhã seguinte, ela fugiu, sem saber que essa rejeição marcou Javier profundamente…

PAIXÃO ARDENTE 15 – SEGREDO PRECIOSO – KATE HEWITT

Minissérie – *Herdeiros Secretos 3/5*

Alekos Demetriou proporcionou a Iolanthe sua primeira e única noite de prazer. Porém, ao descobrir que ela era filha de seu inimigo, Alekos a rejeitou… antes que Iolanthe pudesse contar que estava grávida!

PAIXÃO AUDÁCIA 15 – FONTE DE AMOR – MAISEY YATES

Minissérie – Amores Inesperados 3/3

Após um divórcio difícil, ter um filho com a mulher contratada para ser barriga de aluguel de sua ex é um escândalo que o bilionário Renzo Valenti não pode permitir. E sua única escolha é convencer a irresistível Esther a ser sua esposa!

Próximos lançamentos:

PAIXÃO 484 – JURA DE VINGANÇA – CATHY WILLIAMS

Quando Sophie saiu da vida do magnata Javier Vasquez para se casar com outro, esse poderoso milionário jurou se vingar! E ao descobrir que ela está desesperada para salvar sua família, Javier oferece ajuda. Mas tudo tem um preço.

PAIXÃO ARDENTE 16 – AMOR ÚNICO – ANNIE WEST

Minissérie – *Herdeiros Secretos 4/5*

Um beijo do sheik Idris Baddour com sua ex-amante foi divulgado por todo o mundo. E, com ele, o precioso segredo que a doce Arden Willis guardou por anos é revelado: ela tivera um filho de Idris.

PAIXÃO GLAMOUR 16 – DOCE AMOR – CAROLE MORTIMER

Após passar uma noite inesquecível com sua assistente, Nick Cavendish tentou se afastar. Contudo, livrar-se de Hebe não seria tão fácil. Afinal, ela está sentindo enjoos matinais…

PAIXÃO AUDÁCIA 16 – COMO DOMAR UM SHEIK – OLIVIA GATES

Minissérie – O orgulho de Zohayd 1/3

Ele a notou em um salão lotado. E, naquele momento, o sheik Shaheen Aal Shalaan a desejou. Com poucas palavras, conseguiu levar a bela misteriosa para a cama, onde ela despertou paixões que haviam sido renegadas por tempo demais.